डॉ. विद्यानिवास मिश्र

की अन्य रचनाएँ

- हिन्दू धर्म : जीवन में सनातन की खोज
- कंटीले तारों के आर-पार
- रीति-विज्ञान
- तमाल के झरोखे से

देश, धर्म और साहित्य

विचार प्रधान निबंधों का संग्रह

विद्यानिवास मिश्र

राधाकृष्ण प्रकाशन

ISBN : 978-81-7119-505-3

देश, धर्म और साहित्य (निबंध-संग्रह)

पहला संस्करण : 1992
तीसरा संस्करण : 2010
This book is printed on **Print on Demand** Technology : 2026

मूल्य : ₹495

प्रकाशक
राधाकृष्ण प्रकाशन प्राइवेट लिमिटेड
जी-17, जगतपुरी, दिल्ली-110 051
शाखाएँ : अशोक राजपथ, साइंस कॉलेज के सामने, पटना-800 006
पहली मंजिल, दरबारी बिल्डिंग, महात्मा गांधी मार्ग, प्रयागराज-211 001
1, अनमोल सोराबजी संतुक लेन, धोबी तलाव, मरीन लाइंस, मुम्बई-400 002
वेबसाइट : www.radhakrishnaprakashan.com
ई-मेल : info@radhakrishnaprakashan.com

DESH, DHARMA AUR SAHITYA (Essays)
by Vidya Nivas Mishra

प्राक्कथन

'देश, धर्म और साहित्य' शीर्षक कुछ अटपटा ही लगेगा। साहित्य का भला धर्म से क्या रिश्ता ?...पर साहित्य तो मानुष धर्म का ही एक रूप है और देश में स्थित भी है, देश को गति देने वाला, देश से बाहर भी है, साहित्य धर्म के परिचालन के लिए धर्म से ऊपर उठकर भी बात करता है। इसलिए मुझे तो ये तीनों परस्पर ओतप्रोत ही दिखायी पड़ते हैं। एक-दूसरे के भीतर-बाहर रहते हुए भी तीनों को एक-दूसरे की आकांक्षा बनी रहती है। इस संग्रह के निबंध इसी वृत्त, और परिधि और इसी परिक्रमा के इर्द-गिर्द रचे गये हैं। कुछ लेख धर्म-प्राण व्यक्तियों को और कुछ कालजयी कृतियों-कृतिकारों के, कुछ गंगा या हिमालय जैसे देश के साकार विग्रहों के निदर्शनों को लेकर हैं, पर हैं सभी देश, धर्म और साहित्य के जुड़ाव के लिए बेचैन।

आज का समय कहीं इन निबंधों में ओझल नहीं है, परन्तु कहीं कालातीत भी कुछ है, इसका ध्यान भी बना हुआ है, क्योंकि मेरे देश का ही ऐसा कुछ स्वभाव है।

इन निबंधों को पुस्तक का रूप देने का बहुत बड़ा श्रेय अपने शिष्य अरुणेश नीरज को देता हूँ, साथ ही जिन अन्य सहायकों ने मेरी व्यस्तता के बीच से इनका उद्धार किया है, उनको भी। वे हैं श्री प्यारेलाल पांडेय, श्री ललित किशोर शुक्ल,श्री मुदित पांडेय और शिवकुमार मिश्र।

वाराणसी
भाद्रपक्ष कृष्णाष्टमी
2048 वि.

विद्यानिवास मिश्र

अपने सहृदय पाठक मित्र
श्री श्यामाचरण दुबे के लिए

क्रम

वैदिक धारा और श्रमण धारा

भारत की डेढ़ शताब्दियों की शिक्षा का कुफल यह है कि भेद-वृत्ति बहुत प्रमुख होकर उभरी और भेद-बुद्धि केवल नारे के काम में आती है। विशेषताओं की पहचान करना अलग बात है और पार्थक्य देखना अलग। वैदिक धारा और श्रमण धारा में अपनी-अपनी कुछ अलग विशेषताएँ हैं पर साथ ही दोनों में कुछ परस्पर समावेशक तत्व हैं। उनकी अनदेखी नहीं की जानी चाहिए। वह अनदेखी की जाती रही है और इस दूरी तक कि इन दोनों को परस्पर विरोधी देखने की ऐतिहासिक अनिवार्यता का हौवा खड़ा कर दिया गया है। इस सम्बन्ध में दो बातें पुनः विचारणीय हैं। एक तो यह कि यदि वर्णों का संघर्ष होता तो इतनी अधिक संख्या में बौद्ध दर्शन के आचार्य ब्राह्मण क्यों होते और यदि भाषा का संघर्ष होता तो संस्कृत में बौद्ध धर्म दर्शन का इतना विपुल वाङ्.मय क्यों होता। एक और बात विचारणीय है कि पौराणिक संस्कृति में भगवान् बुद्ध को विष्णु का अवतार माना गया है और उनके करुणा-मार्ग का समावेश वैष्णव आचार में कर दिया गया है।

इस आलोक में वैदिक, बौद्ध और जैन विचारधाराओं का अध्ययन अधिक वांछनीय है।

वैदिक विचारधारा में चतुर्थ आश्रम संगठित नहीं था। बौद्ध और जैन, श्रमण संगठन संगठित हुए और इन संगठनों का प्रभाव संन्यासी संगठनों पर भी यह पड़ा कि संन्यासियों के संगठन मठ और पीठ बने। यह संस्था के आविर्भाव की दृष्टि से निश्चय ही कल्याणकर हुआ परन्तु हिन्दू धर्म की सनातनता की दृष्टि से संस्था का महत्व अधिक नहीं होना चाहिए। महत्व होना चाहिए मन्त्र का और उसके मनन से युक्त उसके अनुकूल पवित्र आचरण का। बशर्ते कि वह आचरण हो--व्यक्ति का पर सर्व-सत्ता का ध्यान रखते हुए हो। श्रमण व्यवस्थाएँ जाति विरोधी थीं, यह इतिहास से प्रमाणित नहीं है, क्योंकि इन व्यवस्थाओं के बावजूद इनके भीतर रहने वाले लोगों में भी वर्णभेद बने रहे और सामाजिक व्यवस्था भी बनी रही। कालान्तर में जैन धर्म में अवश्य संस्कार पद्धति विकसित हुई पर प्राचीनकाल में न जैन न बौद्ध स्वतन्त्र गृह्यसूत्र जैसे ग्रन्थ रचे गये। उसका कारण यह था कि परिवार केन्द्रित भारतीय समाज की व्यवस्था बड़ी सुदृढ़ थी और इस परिवार-धारणा

का ही सारा जगत् विस्तार था। यह धारणा परस्पर सहिष्णुता, आदर, प्रेम और सहयोग के लिए भूमि तैयार करती रही। इसको अस्वीकार कर इससे अलग रहकर कोई व्यवस्था भारतवर्ष में चल नहीं सकती थी। जब-जब इस व्यवस्था को तोड़ने का प्रयत्न हुआ तब-तब तोड़ने वाले ही अधिक टूटे। सामाजिक आचार से बाह्य होने के कारण ही उत्तरकालीन बौद्ध मत ह्रास को प्राप्त हुआ और उसके मतावलम्बी समाज-बाह्य होने लगे। एक विचित्र ध्रुवीकरण हुआ जिसका परिणाम ऐसी जातियों का प्रादुर्भाव हुआ जो निम्नकोटि की जातियाँ मानी जाने लगीं और इसी कारण बहुत कुछ वे मूल धारा से कटने लगीं। इसका अशिव प्रभाव पड़ा।

यहीं पर नीति और धर्म के द्वैत की बात आती है जब तक नीति और धर्म एक रहता है तब तक ऐसी स्थिति नहीं आती है पर जब धर्म, नीति का आधार और नियन्त्रक न रहकर केवल पहचान का चिह्न बन जाता है तब ऐसी अशिव स्थिति उत्पन्न होती है। धर्म परिचालक है, नीति उसके द्वारा परिचालित व्यवस्था है। धर्म के व्यापक अर्थ में मोक्ष भी धर्म ही है और चारों पुरुषार्थ एक-एक विशाल और विराट् धर्म के ही सोपान हैं, एक-दूसरे के विरोधी नहीं हैं। मोक्ष को पहले के तीनों सोपानों से अलग करके एक अलग मार्ग बनाने से भारत में विक्रिया उत्पन्न हुई। उसने कर्म के अनुशासन को शिथिल किया।

कर्म-प्रधान और संन्यास-प्रधान दृष्टियों में अन्तर जब-जब आया है तब-तब उसके समन्वय का प्रयत्न हुआ है। भगवद्गीता ने समन्वय का एक मार्ग दिया। मध्ययुग के भक्तों ने उसके आगे का एक दूसरा मार्ग दिया। रामकृष्ण परमहंस, विवेकानन्द, तिलक, गांधी और श्री अरविन्द ने आधुनिक युग में फिर नया मार्ग दिया। इसलिए यह सम्भव हुआ कि कर्म, कर्म-संन्यास के रूप में परिणत हो जाये और संन्यास समस्त भूतों की सेवा के रूप में। वैसे एक स्थिति ऐसी समाज-बाह्य होकर समाज के हित के सम्पादन की होती है जिसमें सिद्ध पुरुष नीति-अनीति से ऊपर उठ जाता है और वह भूमा की स्थिति में आ जाता है। वह व्यक्ति प्रकाश की स्थिति में काम करता है। उसकी उपस्थिति में विभिन्न प्रकार के आचारों की सीमा की पहचान स्पष्ट होती है और वह पहचान आवश्यक है--व्यवस्था की गतिशीलता के लिए।

श्रमण परम्पराओं की ओर उसके उत्तरवर्ती भक्ति सम्प्रदायों की देन का इसी दृष्टि से मूल्यांकन होना चाहिए कि इन्होंने कितने ऐसे प्रकाशमय अतिक्रामी शिखर देश को दिये है जिन्होंने नीति-धर्म की पुनर्व्याख्या की है।

भारत की किसी भी विचारधारा में इंडिविजुअल के पर्याय के रूप में व्यक्ति का स्थान नहीं है, वहाँ व्यक्ति अलग-अलग आकारों का प्रकट होना है। भारतीय समाज की सबसे छोटी इकाई परिवार है और व्यक्ति परिवार के सम्बन्धों का वितान लेकर ही अस्तित्ववान् होता है और सम्पूर्ण अस्तित्ववान् तब होता है जब उसका विलयन सर्वभूत में हो जाता है। काल की अनुभूति अर्थात् अपने द्वारा कर्मों की क्रियमाणता की अनुभूति, यह सही है व्यक्ति को होती है किन्तु उसके साथ ही यह भी सही है कि व्यक्ति को ध्यानयोग

के बल पर इस स्थिति के अतिक्रमण की भी अनुभूति होती है और यह अनुभूति ही व्यक्ति का संस्कार है। तीनों परम्पराओं में ध्यान-योग की परम्पराओं में साम्य है पर काल की अनुभूति की पहचान के विषय में भेद है। बौद्ध-साधना में क्षणिकता सत्ता का स्वभाव है। एक सत्ता के दूसरी सत्ता में निमीलन एक सत्ता के नया रूप धारण करने की क्रमिकता की पहचान का विषय बनाती है जब कि वैदिक दर्शनों में शाश्वत एकसूत्रता सत्ता की एकता की पहचान कराता है। इसीलिए महामहोपाध्याय पं. गोपीनाथ कविराज तत्वतः नैरात्म्य में और ब्राह्मभाव में अन्तर नहीं देखते हैं जो अन्तर है--वह पारिभाषिक है। पारिभाषिक अन्तर भी अपना महत्व रखता है और ज्ञान की सूक्ष्म सरणियां भी इसी पारिभाषिकता से निरूपित होती हैं परन्तु इस पारिभाषिकता को इतना दूर नहीं खींचना चाहिए कि समान भूमि भी अलग दीखने लगे।

जो डेढ़ सौ वर्षों में अलग देखते रहने का अभ्यास पड़ गया है उससे छुटकारा पाने का समय आ गया है। अलग देखते रहने का अभ्यास इस विशाल संस्कृति के लिए बहुत मँहगा पड़ा और उससे भी अधिक मँहगा पड़ा है--विशाल को लघु के सामने बराबर करके रखना।

हिंदुत्व की परिभाषा

मेरे गुरु श्रद्धेय पं. श्रीनारायण चतुर्वेदी के मुताबिक हिंदू दो तरह के होते हैं। एक तो संविधान की विवशता से हिंदू हैं। चूंकि वे मुसलमान, ईसाई या और कोई नामधारी नहीं हो सकते, इसलिए वे हिंदू हैं क्योंकि जो इन सबसे परिगणित होने से बचा रहता है, वह हिंदू है। अन्यथा हिंदू कहलाना ऐसे लोगों के लिए अर्थहीन है। ऐसे हिंदू बनने की एक अलग प्रक्रिया है। आदमी आधुनिक कहलाना चाहता है, पूरी दुनिया का होना चाहता है। जो कुछ भी विचार आधुनिकता के उसे दिये हुए हैं या जिन्हें वह मानता है, आधुनिकता के सोचे हैं, उनमें आधुनिक होने का अर्थ मानता है हिंदू के बाहर हो जाना, हिंदू धर्म से तटस्थ हो जाना: बस कुछ नाजुक अवसरों पर विपत्ति पड़ने पर कुछ हिंदू अनुष्ठान पूजा पाठ करना, वैसे समस्त कर्मकांड को पाखंड कहना, पुराण को गप्प कहना, शास्त्र को अप्रमाण मानना, आस्था नामक पदार्थ से कन्नी काटना। यह संवैधानिक या शरीयतन हिंदू का सामान्य लक्षण है। मैं यह हिंदू नहीं हूँ। मैं हिंदू कर्मकांड, हिंदू शास्त्र, हिंदू आचार पद्धति, हिंदू मंदिर, हिंदू तीर्थ, हिंदू जनता इन सबके साथ गहराई से जुड़ा हुआ हूँ। पर मेरी मुसीबत यह है कि हिंदुत्व की दुकानदारी से एकदम भयभीत हूँ। घोर भीतरी नास्तिकता, घोर बनावटी आस्तिकता से कुछ कम भयावह लगती है। पर असंख्य भाई जो तथाकथित शिक्षा से वंचित रह गये हैं, कहीं निरंतर चली आ रही किसी अस्पृश्य भावना से हिंदुत्व से जुड़े पदार्थों आचारों ग्रंथों और पीठों से जुड़े हैं, मेरे लिए सबसे अधिक सही हिंदू है। उनके लिए हिंदू होना सहज है, अनायास है। हिंदू धर्म यदि समावेशक है, तो कहीं न कहीं व्यावर्तक भी है। अलग भी है। आपको यदि यह स्वीकार नहीं है कि सबको अपने रास्ते अपने विवेक से चलने की छूट है, आपका अपना रास्ता एकमात्र रास्ता नहीं है, आपका अपना पथदर्शक या मसीहा एक मात्र पथदर्शक या मसीहा नहीं है, तो आप हिंदू नहीं हो सकते, भले ही अपने चारों ओर की अलग-अलग निर्धारित कोटियों में स्थान न पाने के कारण हिंदू हो जाने की लाचारी हो। समस्त जीवन की अखंडता और ओतप्रोत होकर निरंतर पूरक धर्मिता मानकर ही हर काम होते हैं

एक बात बिलकुल साफ है, हिंदुत्व का अर्थ खुली छूट नहीं है। स्वविवेक से निर्णय

की छूट का अर्थ यह नहीं है कि स्वपहचान की विधि का अतिक्रमण हो। स्व की पहचान तब तक असमान है जब तक मनुष्य चारों ऋणों से मुक्त होने की बात नहीं सोचता। इन ऋणों से मुक्ति के लिए अपने ऋषियों का ज्ञान प्राप्त करना आवश्यक है, चाहे वाचिक परंपरा से चाहें शास्त्रों के पठन पाठन से।

मनुष्यता का चरम प्रयोजन है आत्मविस्तार, अपने को विश्व के कण कण में पाना, अपने को इतना हलका कर लेना कि सबमें समा सकना सबमें भर सकना, इन ऋणों की अदायगी हो, न हो इनकी आंशिक भावना भी हो तो जीवन की सर्वसमता और निरंतरता की पहचान कुछ न कुछ स्पष्ट होती है। यही हिंदूधर्म की आधारशिला है।

हिंदू धर्म इसीलिए निरपेक्ष द्वैत को स्वीकार नहीं करता न धर्म अधर्म न देव असुर न सद् असद् न मनुष्य प्रकृति न जड़ चेतन न विषय विषयी। हर द्वैत में सापेक्षता ही देखता है, पाता है और पाना चाहता है। यह सापेक्षता जीवन के संपूर्ण और परस्पर संबद्ध गतिशील भाव को ही पाकर है। यदि इस संपूर्ण भाव की अपेक्षा करके कोई कार्य किया जाता है तो वह जय है, वह धर्म है, वह चैतन्य से आलोकित है, वह दिव्य है, यदि नहीं तो वह अधर्म है, असद् अवास्तविक है, हेय है आसुर्य है, जड़ता से आछन्न है। अपने आप एकांत रूप से कोई कुछ नहीं है। समग्र सत्य प्रवाह के साथ जिस रूप में संबद्ध है, इसी से उसकी परिभाषा होती है।

कहा जा सकता है, वह भाव तो बहुत ही स्वच्छंद आचरण को जन्म देगा या फिर दंभ को जन्म देगा, इसके कारण प्रणय, संकल्प सब, व्यर्थ हो जायेंगे। उसका समाधान यह है कि समग्रता का भाव बिना अनुभव के पाया नहीं जा सकता। जबकि अनुभव की प्रक्रिया ही भाव है। वह अनुभव तीन प्रकार से होता है। एक तो होता है, शास्त्र के मनन से, दूसरा होता है, ऐसा जीवन जीने से जिसमें यह भाव आंशिक रूप से चरितार्थ हो, ऐसी उपासना करने से जिसमें सृष्टि की सफलता का अनुसंधान हो और तीसरा प्रकार है निश्चल होकर, अकिंचन होकर, रिक्त होकर, शून्य होकर, सकल की संपूर्ण की ईश्वर की सार्थकता भी निश्चलता में है यह साधना द्वारा पाने से। तीसरा उपाय मन के लिए सुलभ नहीं है, तीसरा उपाय बड़े अभ्यास से और साधकों की परंपरा के साथ जुड़ने से आता है, इसी स्तर पर गुरू का महत्व है, नहीं तो हिंदू होने के लिए दीक्षा की आवश्यकता नहीं। बस स्वेच्छा वरण करने की बात है, क्या हम सामान्य बनकर जीवन जीना चाहते हैं, क्या सर्वमत बनकर जीना चाहते हैं। क्या हम सबमें ओत प्रोत होना चाहते हैं, क्या हम मनुष्य के भाव को महत्व देना चाहते हैं। क्या हम आत्म अनुभव को और शास्त्र निर्दिष्ट विधि से अपनी तैयारी के अनुरूप सोपान से चढ़ते हुए अन्य अनुभव को प्रमाण मापने के लिए तैयार हैं। क्या अपने धर्म में रहते हुए भी सबके धर्म की अपनी अपनी दृष्टि से विशिष्ट महत्ता है, यह स्वीकार करने के लिए तैयार हैं। क्या हम संस्था को और संस्थाओं को स्वीकार करते हुए भी अपनी संस्था की सर्वोच्चता का भाव तजने के लिए तैयार हैं ? यदि हम इन प्रश्नों का उत्तर अपने भीतर ही में जिसे मिले, वह अपने को हिंदू

कह सकता है। हिंदू धर्म में अनेक संस्थाएं हैं, पर हिंदू धर्म स्वयं कोई संस्था नहीं है। विवाह पर किसी संस्था या संस्थाचार्य के मुहर की आवश्यकता नहीं है। आवश्यकता है मंत्र के उच्चारण की और मंत्र के उच्चारण में अपने भीतर के देवता के साक्ष्य की। संस्थाहीनता संगठनहीनता लगती है और दुर्बलता लगती है, पर यही वास्तविक शक्ति है, यह संकल्प में समाहित उदारता हिंदू धर्म की वास्तविक शक्ति है, हर एक कार्य के पीछे एक संकल्प होता है, जिसमें पूरे ब्रह्मांड में स्थित अपने देशविंदु तक सृष्टि के प्रथम स्पंद से लेकर आज तक के समय का स्मरण किया जाता है।

आज जो हिंदू धर्म इतना अस्पष्ट अपरिभाषेय लगता है, उसका कारण अभ्यास से विमुखता या तटस्थता है, साधना से अधिक सिद्धि की खोज है। शीघ्र कुछ अलौकिक लाभ बिना प्रयत्न के पाने का लोभ है। हिंदू धर्म वस्तुतः इस लाभ के कारण कुहराच्छन्न हो गया है। और इसमें मशाल लेकर चलनेवाले बहुत प्रबल हो गये हैं। हम भूल गये हैं हिंदू धर्म मशालों का जुलूस नहीं, वह अंतर के दीपों की जीवन की गंगा की धार में छोड़ी हुई मालिका है, जिसमें एक दीप दूसरे को देख देखकर दिपता रहता है। कोई बुझाता है तो उसका स्थान दूसरा प्रदीप ले लेता है आत्मदीप के आह्वान के लिए।

एक साथ आधार (सत्य का) वर्तिका (जो जातीय स्मृति के सूत्रों से बांटी जाती है), स्नेह (अपनी लगन का अपनेपन का) और शिखा (समग्र के ध्यान का) चाहिए। न जातीय स्मृति के बिना काम चलेगा, न सत्य की खोज के बिना काम चलेगा, न तप के बिना काम चलेगा, न समग्र के ध्यान के बिना। हिंदू धर्म अधूरे मन का धर्म नहीं है। मुझे पीड़ा आज इसलिए होती है कि एक ओर ऐसे अखंड धर्म में धनी धोरी बने बैठे हैं और दूसरी ओर उदासीन है, हिंदू धर्म के भाव को दबाने के लिए धर्मनिरपेक्ष हैं (तथाकथित)। जहाँ दूसरे मजहबों की बात है, उनमें तीव्र रूप से ऐकांतिकता है। वहां वे उनसे भयभीत हैं और उनकी ऐकांतिकता की रक्षा के लिए कटिबद्ध हैं। धर्मनिरपेक्ष भी पूरे होते और कहते कि किसी को दूसरे के मजहब को हानि पहुंचाने का अधिकार नहीं है और यदि हानि पहुंचायी गयी तो उसकी क्षतिपूर्ति करना ही धर्मनिरपेक्षता का परम कर्तव्य है तो कोई बात थी। पर ऐसे लोग दूसरे मज़हबों और मज़हबपरस्तियों से डरते हैं।

महात्मा गांधी जैसे हिंदू होते तो बाबरी मस्जिद गिराने की बात नहीं करते पर मुसलमानों से यह आग्रह निरंतर करते कि आप बाबर और राम को एक तुला पर न रखें। बाबर के सिपहसालार के द्वारा किये गये गलत काम का प्रतिकार करें, भले ही मुसलमान न सुनते, पर बात को आग्रह रूप में उनसे करते ही। पर आज यह नैतिक साहस किसी में नहीं है, क्योंकि लोग इतने खंडित हैं कि अखंड से घबराते हैं। ऐसे में हिन्दुत्व की बात क्या करूँ।

राजनीति का धर्म और धर्म की राजनीति

आज सही अर्थ में उनकी अग्नि परीक्षा है जो अपने आपको बुद्धिजीवी कहते हैं और जो विवेक के धरोहरी कहे जाते हैं क्योंकि आज जिन सिद्धांतों का समर्थन करना है, वे ऐसे आवरणों में बंद हैं, जिन आवरणों को चीरना कठिन हो गया है क्योंकि वह सुविधाजनक नहीं हैं। हमारी स्थिति ऐसी है कि हम मूल्यों पर बात करते समय मूल्यों से अधिक मूल्यों के रखवारों की बात करते हैं। और ये रखवारे ऐसे हैं कि उनसे जुड़कर मूल्य संदिग्ध हो गए हैं। धर्मनिरपेक्षता सुनते-सुनते कान पक गए हैं। एक ओर दूरदर्शन प्रचार करता है लोकमान्य तिलक के द्वारा दी गई धर्म की परिभाषा का कि स्वदेश और विश्व से जो जोड़ता है, वह धर्म है। दूसरी ओर धर्म को छोटा कहा जा रहा है। राजनीति को धर्म से दूर किया जा रहा है जिस देश में राजनीति धर्म पर आश्रित नहीं, स्वयं धर्म रही है और राजधर्म धर्म का अंग रहा है, वहां विश्व की गति को मंगलमय दिशा में संचालित करने वाला धर्म उपेक्षणीय हो जाए, यह कितनी बड़ी विडंबना है और उस धर्म के साक्षात् विग्रह राम इतिहास के मुखापेक्षी हो जाएँ, यह कितनी बड़ी ग्लानि का विषय है।

जिनके चरित्र में उदारता, निष्ठा, स्नेह, करुणा साकार होती है, उन्हीं को आज मतों की राजनीति से तोला जा रहा है और बुद्धिजीवी इस राजनीति के समर्थन में वक्तव्य दे रहे हैं। यह सुनकर बहुत गहरी चिंता होती है।

पिछले बीस वर्षों में ऐसी विचित्र उलटफेर हुई है कि राष्ट्र राज्य के नीचे चला गया है और राज्य कुर्सी के नीचे चला गया है। ऐसी स्थिति में राष्ट्र के भी ऊपर जिस मातृभूमि का स्थान था, उसकी तो कोई चर्चा ही नहीं है। है तो हाशिए में।

भारत के पारंपरिक बुद्धिजीवी में शाहेवक्त की चिंता बस औपचारिक रूप से ही है। वह सनातन प्रभु की बात करता है, जो ऐसा है कि प्रभु से अधिक परिवारी है। भाई, पुत्र, प्रिय, पिता, माता किसी न किसी निजी रिश्ते में बंधा है इसीलिए वह इतिहास नही है। वह अतीत नहीं है, और दूर नहीं है, पास है। पर आज बुद्धिजीवी शाहेवक्त से इतना सहमा हुआ इसलिए है कि वह अतीत को पिछड़ापन मानता है, ढोंगी नास्तिकता को आधुनिकता और प्रगतिशीलता मानता है।

आज समय आ गया है कि बुद्धिजीवी की जमात से खारिज होने का जोखिम उठाकर कुछ लोग आगे आएं और कहें कि राजनेताओ, मूल्यों से खिलवाड़ न करो। सांप्रदायिक सद्भाव के नाम पर, देश की अखंडता के नाम पर, जातीय इतिहास की रक्षा के नाम पर निरीह जनता को मोह में भ्रमित न करो। हिन्दू जानता है कि इतनी शताब्दियों से जो हमारे साथ है और विभाजन का वरण न करके जो हमारे साथ है, यह हमारा परिजन है। उसको छोटा समझना अपने कुटुम्ब भर को छोटा समझना है और मुसलमान भो जानता है कि डार से बिछुड़ने की क्या पीड़ा होती है। अभी तक लाखों-लाखों लोग पाकिस्तान में मुसलमान होते हुए भी बेगाने बने हुए हैं। ऐसे परिवार के बीच सद्भावना की बात करना बेमानी है। उन्हें तो सिर्फ यह बतलाना है कि परिवार में दो सदस्यों के विचार अलग होते हैं। स्वभाव अलग होते हैं, पर उनका घर एक होता है। घर का मोह एक होता है। यह न बतलाकर हम निरंतर यही सुनते हैं कि हिन्दू मुसलमान दो सम्प्रदाय हैं, इनमें सद्भावना होनी चाहिए। जो दोनों के साथ जीने की ऐतिहासिकता से अधिक मानवीय विवशता है उस पर हम बल नहीं देते क्योंकि वह कहेंगे, तो राजनीति कैसे चलेगी हम सेक्यूलरवाद के आराधक हो गए हैं, बिना जाने कि सेक्यूलरवाद मजहबी संस्थाओं के अधीन राज्य संस्थाओं के विरोध में जन्मा जबकि हमारे देश की बुनियाद ही इस पर है कि धर्म सभी मज़हबों का, मतों का ध्यान रखता है। वह इनसे ऊपर है। इनके बीच का संवादसूत्र बनाये रखता है। आज भी गांव का हिन्दू हो या मुसलमान, सच्चाई की बात आती है तो कहता है मेरा धरम कबूल नहीं करता, मैं यह काम नहीं करूँगा। यह धर्म न इस्लाम है और न हिन्दू। न आस्तिक है न नास्तिक, न वैष्णव, न बौद्ध। वह मानव धर्म है। ऐसे देश में सेक्यूलरवाद अर्थहीन है। सबका मंगल चाहने वाले देश में एक-दूसरे को सहने की बात छोटी है। एक दूसरे के लिए जीने की बात विशेष रूप में सोची जानी चाहिए। भारतीय स्वभाव की इस उदारता को संकीर्ण दृष्टि से देखने वालों ने कायरता माना और नकली प्राचीनता के गौरव की बात की। इस कारण बुद्धिभेद भयंकर रूप से पढ़े-लिखे लोगों को ग्रस रहा है। एक ओर इतिहास की दुहाई देकर हम कहते हैं कि अगड़ी जातियों ने पिछड़ी जातियों को पहले सताया, अब उन्हें इसका फल भोगना चाहिए। दूसरी ओर उसी तर्क को झुठला कर महमूद गजनवी, मुहम्मद गोरी, बख्तियार खिलजी और अलाउद्दीन खिलजी के प्रसंग में इतिहास को भूलने के लिए कहा जाता है। जब कि समीचीन यह है कि इतिहास के तर्क को थोथा माना जाए। आज जिस स्थिति में पूरा समाज है और ऊंच-नीच के भेद से अलग हो रहा है, समानदेशवासी की भूमिका में प्रवेश कर रहा है, उसकी संगति में सब विधान हों। पर हम कहीं तो इतिहास की खामियों को पूर्त मानकर भूलेंगे और कहीं प्रगतिशीलता की दुहाई देकर इतिहास को बदलने की बात करेंगे। सच्चाई से कतराना इस समय की सबसे भयंकर बेईमानी है। इस बेईमानी को उघारने में हमें अब संकोच नहीं करना चाहिए। हमें स्पष्ट कहना चाहिए कि पश्चिम से आयातित नेशनलिटी और सेक्यूलरिज्म कोई काम की नहीं। यह वसुधैव कुटुंबकम् से और

सर्वभूतहित से बहुत छोटी चीज है। यह भी हमें स्पष्ट करना चाहिए कि इतिहास से हर गति को नापना अधूरा और इसीलिए अर्धसत्य है। इसमें निहित खतरों से सावधान रहना चाहिए। यह सावधानी देश की सनातन वर्तमान दृष्टि समझने से आएगी। न इतिहास-गौरव से आएगी न सुनहरे भविष्य के सपने से। हमें स्पष्ट करना चाहिए कि हमारे लिए बराबरी से ज्यादा महत्व तादात्म्य का है, संपूर्ण जीवन की एकता का है और हमारी आचार संहिता को बराबरी-गैरबराबरी के प्रपंच में नहीं पड़ना चाहिए। उसे परस्पर-अवलम्बिता की सुरक्षा करनी चाहिए। यह परस्पर अवलम्बिता दो सौ वर्ष के दौरान पूरी तरह आ गई थी। तभी हनुमानमढ़ी की रक्षा मुसलमान ने की, किसी मराठा शासक ने कोई मस्जिद नहीं तोड़ी, फकीर ने हरिमंदिर की अमृतसर में नींव रखी। इसी कारण संत और फकीर एक-दूसरे के मुरीद हुए। मंदिर की पूजा में मुसलमान गायक अपरिहार्य अंग बना और ताजिए उठाने में हिन्दू सहयोगी बना। यह भाव केवल तिरोहित हुआ लगता है, भीतर कहीं अभी भी है।

एक दूसरे की जरूरत आज भी है। इस जरूरत की बात रेखांकित करना अधिक प्रभावकारी होगा बनिस्बत बराबरी या निर्गुण सेक्यूलरवादिता की बात करना।

उसी तरह अगड़ी-पिछड़ी के रूप में न सोचकर हमें सोचना चाहिए इस रूप में किसकी कितनी कमी है और उसकी पूर्ति को किस प्रकार की वरीयता दी जानी चाहिए। वर्णाश्रम में लाख खराबी रही हो, पर उसमें परस्पर सापेक्ष भाव दिया गया था। पूरे समाज को एक शरीर तो माना गया था। आज सामाजिक संरचना की इस मूलभूत एकता को अनदेखा किया जा रहा है तो इस पर पुनर्विचार करना चाहिए।

यह तभी संभव होगा जब बुद्धिजीवी सत्ता के ठेकेदारों का पल्ला छोड़ें और अपनी स्वायत्तता का परिचय दें। यह स्वायत्तता एक बड़े स्व की पहचान से आएगी। उस स्व की पहचान में जिसे संशय होगा, वह स्वायत्त नहीं हो सकेगा। बड़ी गहराई से पिछले शतक की गतिविधियों की समीक्षा की जाएगी तो बहुत कुछ साफ हो जायेगा कि मनुष्य को विश्व में अब संत नहीं रहना है न उसे बोझ रहना है। कुछ मान लिए गए मतवादों से उसे समग्र जीवन को ध्यान में रखकर अस्तित्व और सार्थक अस्तित्व का रास्ता बनाना है। इस प्रकार की सोच की शुरुआत आज के जैसे वातावरण में ही होती है और अब होनी चाहिए।

साथ रहना कब सीखेंगे ?

देश में इधर जो कुछ भी घटा है, वह इतना भयानक है कि संसार की कोई भी त्रासदी इसके आगे छोटी हो गयी है। युद्ध में संहार की अमानवीयता भी पीछे छूट गयी है। मध्य युग के जिहाद भी छोटे पड़ गये हैं। यह भयानकता इसलिए और भी दुःखदायिनी है कि बुद्धिमान् लोग चुप रहे हैं या फिर कुछ प्रतिबद्धता के नाम पर मुखर रहे हैं कि क्रान्ति के नाम पर सब कुछ उचित है। बिना यह हुए देश कैसे आगे बढ़ेगा। बुद्ध, महावीर, गांधी का नाम लेनेवाले लोग इस कदर निठुर निछोह हो सकते हैं, कल्पना नहीं की जा सकती है। इतने आत्मदाह, पढ़ाई की ऐसी हत्या, इतने लम्बे दौर का अकारण कर्फ्यू, इतनी घेरेबन्दी, इतनी किलेबन्दी (मानो गृहयुद्ध हो गया हो) और इतनी जबानबन्दी ब्रिटिश साम्राज्यवाद ने भी नहीं किया होगा। यूरोप के मध्ययुगीन इंक्विजिशन (गैर-कैथेलिकों को दी जानेवाली यंत्रणा) और हिटलर के यहूदी बध की नृशंसता कम से कम खुलेआम नहीं थी। आज जो नृशंसता का नृत्य हुआ है, वह मंडप में नहीं, वह खुले आकाश में हुआ है। और हम दुबके हुए बैठे हैं कि हम सेक्यूलर हैं। हम समतावादी हैं। इतना ढोंग पल रहा है, सत्ता की हविश ऐसी मूल्यहीनता पाल रही है कि अब रहा नहीं जाता। मैंने कुलपतियों की सभा में प्रश्न उठाया कि जिनके लिए हम हैं, वे यदि आत्मदाह की भयंकर पीड़ादायी स्थिति का वरण करते हैं तो कहीं उसमें हमारा भी अपराध है कि हमारी शिक्षा ने, हमने उन्हें इस निराशा की चरम स्थिति में ला दिया है कि वे ऐसी मौत चुन रहे हैं पर किसी ने नहीं सुना। मुझे बड़ी तकलीफ हुई। कोई बहू जलती है तो इसी देश का कानून आत्महत्या का प्रमाण मिलने पर भी सास-ससुर के ऊपर सन्देह करता है। इतनी संख्या में कच्ची उम्र के बच्चे-बच्चियां अपने को जलाकर चली गयीं, किसी के ऊपर अपराध नहीं जाता। समता की बात अपनी जगह पर ठीक है, पर विगत 43 वर्षों में क्या हमने समता के लिए अपने बच्चों को तैयार किया, जिस परिस्थिति में रखा उसमें वे अपनी मेहनत का फल ही तो भोगते हैं। वे कौनसी सुविधा अतिरिक्त चाहते हैं, किसकी सुविधा छीनना चाहते हैं। यह कैसा अन्धा तर्क है कि विषमता यदि कभी कुछ जातियों ने पैदा की तो उन जातियों में जन्म लेने के अपराधी आज वंचित किये जा रहे हैं। कुछ इसलिए नहीं कि पिछड़ी कहीं

जानेवाली जातियों का कल्याण हो। यह भावना रहती तो संकल्प कुछ दूसरा होता, उनको अच्छी तरह तैयार करने पर बल होता, उनकी सम्पन्नता (हर तरह की सम्पन्नता) लाने पर बल होता, युगों-युगों तक हीन भाव अनुभव करने को विवश नहीं किया जाता। करो सामाजिक आन्दोलन कि सब ऊँचीं जातियाँ हो जायें, भरो उनमें संस्कार शिक्षा के, कला के, उत्साह के, क्यों उन्हें दयनीय बनाकर रखना चाहते हो। यह कैसी सुरक्षा है। डाक्टर अम्बेडकर ने भी ऐसी दयनीय सुरक्षा की कल्पना नहीं की होगी। खुली बात है कि उन पिछड़ी जातियों को मूर्ख बनाया जा रहा है, उसी प्रकार जिस प्रकार मुस्लिम अल्पसंख्यकों की दरिद्रता का, अशिक्षा का, अस्वास्थ्य का निवारण न करके उनकी मज़हबी अलग पहचान को बढ़ावा देकर उनका अकल्याण किया जा रहा है, इस स्वार्थ से कि जो जितना जाहिल रहेगा, उतना हमारी वोट-राजनीति के लिए सुविधाजनक रहेगा, वह फुसलाया जा सकेगा।

मुझे आज की त्रासदी पर एक कहानी याद आ रही है। महाभारत की कहानी है, बड़ी कच्ची उम्र का बच्चा (लगभग चार साल का) अकाल कालकवलित हो गया है। परिजन श्मशान प्रवाह के लिए ले जाते हैं और शव रखकर रो-पीट रहे हैं। दिन ढल रहा है। इसी बीच उस श्मशान के स्थायी नागरिक गृध्र और गोमायु (शृगाल) वहाँ पहुँचते हैं। गृध्र के रात में हाथ-पांव नहीं चलते, गोमायु रात में ही कुछ अधिक सक्रिय होता है। गृध्र वेदान्त की शिक्षा देने लगता है- जो जनमा, वह तो मरेगा ही, व्यर्थ में शोक करते हो, घर जाओ, इसके लिए भगवान से प्रार्थना करो। रात आ रही है, बड़ी भयावनी जगह है। अपने प्राणों की रक्षा करो, जाओ, जल्दी जाओ, जीवन का साथ दो, मृत्यु पर शोक न करो। घर के लोग उठ खड़े होते हैं। इतने में शृगाल (सियार) सोचता है कि गीध बाजी मार ले गया, वह साहित्य की भाषा बोलता है-अरे बड़े निठुर हो, यह सुन्दर-सलोना चेहरा कुछ देर और निहार लो, अब कहाँ देखने को मिलेगा, कितना प्यारा मुखड़ा है। कौन जाने कुछ अघटित घटे, जी ही जाय। भगवान से प्रार्थना करो, कुछ देर और बिलमो, कैसे निर्मोही हो कि इस गीध के कहने से इसे छोड़कर जा रहे हो।

मुझे लगता है आज के राजनेता वेदान्त और साहित्य हमें गीध और सियार-से ही पढ़ा रहे हैं, क्योंकि यह वेदान्त और यह साहित्य आज की राजनीति का आधार है। बच्चे का शव पड़ा है। बिना प्रवाहित किये पड़ा है, पड़ा रहे। पहले यह वेदान्त तो सुन लें, मोक्ष मिल जायेगा। जो मोक्ष गांधीजी ने दिलाया वह नहीं, मोक्ष अपनी अस्मिता से, अपनी सन्तान की ममता से, अपनी सम्भावना से। गोमायु गुरु से साहित्य सीखेंगे तो हमें नयी दृष्टि मिलेगी कि कैसे लोगों को श्मशान में जीवन की आशा दी जा सकती है। यह गृध्र गोमायु संवाद आज भी चल रहा है पर एक गुणात्मक अन्तर है, गृध्र गोमायु परकाय प्रवेश विद्या भी इस बीच सीख चुके हैं पर कब गीध सियार बन जाता है, और सियार गीध, इसका अता-पता नहीं चलता। उनमें विवाद है या कोई सांठगांठ है, कुछ समझ में नहीं आता। लगता है अभी कुछ समय तक हमारे स्वतन्त्र देश की शिशु अस्मिता इसी

विवाद-संवाद की छाया में जीवन-मृत्यु के बीच झूलती रहेगी।

हम बुद्धिजीवी इतने कायर हो गये हैं कि बस अंधेरे कमरे में शाबर मन्त्र पढ़ते रहेंगे या किसी जजमान का मंगल मनाते रहेंगे। हम निर्विकार हैं, केवल हमें अपनी सम्मानित स्थिति और उस स्थिति के अनुकूल पान-फूल-व्यवस्था से प्रयोजन है। हमें देश और देश के सपनों से क्या लेना-देना।

अगर होता तो हम सही तर्कों का उपयोग करते। एक जगह ऐतिहासिक तर्क देंगे कि इनके पूर्वजों ने सामाजिक अन्याय किया है, अतः इनके वंशजों को अपनी योग्यता के आधार पर नहीं, अपनी संख्या के आधार पर प्रतिष्ठा मिलेगी, मानो अपराध इनका है, वहीं दूसरी जगह कहेंगे कि जिन अत्याचारियों ने मन्दिर तोड़े, जिन्होंने हिन्दुओं पर अत्याचार किया, वे कबके चले गये। अब जो मुसलमान है, उससे प्रतिशोध की भावना क्यों हो, जो पाकिस्तान गया, जिसने देश विभाजन कराया, उनके मज़हबी शरीकों से दुर्भावना क्यों। हमें खुलकर कहना चाहिए कि जो समाज आज है, जिस रूप में है, जिन-जिनसे घटित है, वह सब एक परिवार है। पूरे परिवार को साथ रहना है, जो परिवार से बाहर चला गया है, वह भी हमारा शत्रु नहीं है। परन्तु वह बाहरी हो गया है। जो भीतर है, उसे भीतर वाले की तरह रहना है। कहीं न कहीं सबको सहना है, केवल जो सहता चला आया है संस्कारवश सहता चला आया है, उसे ही नहीं सहना है। और यह राजनीति है कि ऐसे परिवार को बांटने की कोशिश की जाय। किसी को सुरक्षणीय बनाकर, किसी को अल्पसंख्यक बनाकर उसे सुरक्षा के नाम पर आक्रामक और असहिष्णु बनाकर यह लाचारी उपस्थिति की जाय उसके लिए जिसने घर में लड़ाई से बचने की कोशिश की है। जिसकी सहिष्णुता का प्रमाण है स्वाधीन भारत का वह रूप जिसमें अल्पसंख्यक समुदाय का व्यक्ति उच्च से उच्च पद पर जाने का अवसर पा सका है। जिसमें उनकी शिक्षा की अलग व्यवस्था है, जिसमें उनका धर्मान्तरण का कोई उदाहरण नहीं मिलता और इसी समय इसी जमाने में ऐसे देश हैं, जहां हिन्दू मन्दिर नहीं बना सकते, जहाँ हिन्दू खुलेआम पूजा नहीं कर सकते और जहाँ राज्य ही इस्लामी है।

प्रगतिशीलता का यह पैमाना कितनी झूठा है कि मज़हब से ऊपर उठकर सोचने का उपदेश केवल उदार और सहिष्णु हिन्दू को दिया जाय और मज़हबी आग्रह में जकड़े हुए लोगों की आलोचना न की जाय क्योंकि वे मुसलमान हैं। कबीर की बात की जाती है पर वह तो जहाँ गलती है, वहाँ साफ़ कहते हैं हिन्दू तुरुक दुई राह न पाई। दोनों के झूठे आडम्बर की निन्दा करते हैं, पर निन्दा केवल एक के आडम्बर की होगी, दूसरे की नहीं होगी, तो आडम्बरों की प्रतिक्रिया विषम रूप ले लेगी। इसी देश का अंग कश्मीर है, कितने मन्दिर हाल में ही टूटे है, कितने प्रगतिशीलों ने निन्दा की है, किस सरकार ने उन कश्मीर के अल्पसंख्यकों की चिन्ता की हैं जो मतान्धता द्वारा हिंसा के शिकार हुए, उन्हें कितनी क्षतिपूर्ति मिली। भागलपुर के दंगे में मारे गये लोगों के घावों पर मलहम लगाना बहुत उत्तम कार्य है, बड़ी उदारता है, पर इस उदारता से वंचित कश्मीर के हिन्दू ही क्यों हुए ?

जयपुर में दंगे में जाना बहुत उचित है। आतंक में त्रस्त लोगों को आश्वासन देना बहुत उचित है, पर अयोध्या में बिना ` वनी के गोली से मारे गये लोगों के परिवार भी सान्त्वना के अधिकारी हैं। अयोध्या ने क्या पाप किया है कि सत्ता के सौदागर वहां आज तक नहीं पहुँचे।

इन प्रश्नों को सामने रखने का प्रयोजन किसी को भड़काना नहीं है, न अपने ही परिवारी समुदाय का अमंगल है। इसका प्रयोजन न्याय है, न्याय सबको मिलना चाहिए। न्यायपालिका का कैसा आदर कि परिक्रमा रोक दी गयी। हिन्दू का अधिकार पिछड़ी जाति के हिन्दू का भी अपने धर्म के अनुष्ठान का अधिकार छीन लिया गया, न्यायपालिका के बावजूद। संविधान ने यात्रा का अधिकार दिया है, वह अधिकार छीन लिया गया। क्या यह संविधान का उल्लंघन नहीं है ?

सामान्य अधिसंख्य जनता के लिए तीर्थयात्रा अपने को निःस्व करके विराट में विलीन करने की तैयारी है। ऐसी ही तैयारी ने देश को एक रखा, कोई भी शासक रहा, कोई भी शासन रहा। प्रदेश, भाषा, जाति का भेद भुलाकर बस एक पवित्र होने की संकल्पना की धारा में लोग डुबकी लगाते रहे और देश ऐसी धाराओं का महासागर बना रहा। उस महासागर की गुहार है कि जिस उदार भाव पर यह देश टिका है, उस उदार भाव की प्रतिष्ठा न करना बहुत बड़ी भूल होगी। हिन्दू के भीतर भी यह भाव फिर से उभारना है और उन गैर-हिन्दुओं के भीतर भी जो उदारता को अपना दायित्व नहीं मानते उन्हें बतलाना है कि आप जायसी, रहीम, रसखान, आलम, शेख फरीद, रज्जब की सन्तान बनने की क्यों नहीं कोशिश करते हैं और यह समझें कि आपको इस घर में रहना है, इस घर में अकेले नहीं रहता है। आपस में समझबूझकर, एक दूसरे की विचित्रताओं का आदर करते हुए रहना है और इस देश रूपी घर की जिन विचारधाराओं, जिन अभिप्रायों ने, जिन पशु-पक्षियों, वनस्पतियों के प्रतीकों ने भली-भाँति जोड़कर रखा है, उनके होकर रहो, यह कोयल, यह पपीहा, यह बसन्त, यह पावस, यह रंग, यह झूला, सबके लिए है, किसी एक मजहब के लिए नहीं है। इन आवाहन के लिए बुद्धिवादियों को निर्भीक होकर संकल्प लेना चाहिए।

नकली सेक्यूलरवाद से काम नहीं चलेगा, न नकली बराबरीवाद से, सही अर्थ में सबके सामंजस्य और अपरिहार्य सौहार्द की बात करनी चाहिए। हम क्या माने जायेंगे, इसकी चिन्ता छोड़कर देश की, देशहित की बात करनी चाहिए और जहां कहीं कोई सताया जा रहा है या अनुचित रूप से दबाया जा रहा है, उसका पक्ष लेना चाहिए। खूनी क्रान्ति कितनी अर्थहीन होती है, यह बिल्कुल सामने है। फिर भी उसकी बात करना गांधी के देश में कितना खोखला है, यह भी बतलाने की जरूरत है। सत्ता पर अंकुश शस्त्र नहीं लगाते, भीड़ का आक्रोश भी नहीं लगाता, विचार का शब्द लगाता है बशर्ते कि विचारक शुद्ध हृदय से और निर्भीक होकर अपने में और अपनी समग्र परम्परा में पूरी तरह डूबकर और फिर गुस्से से ऊपर उठकर वह शब्द उचारता है। वह शब्द भी यही है, कल भी यही

था और कल भी यही रहेगा, संगच्छध्वं सं वदध्वं सं वो मनांसि जानताम्।

साथ चलना शुरू करो, एक दूसरे से संवाद में प्रवेश करो (कितना भी दुर्भाव पहले क्यों न रहा हो) और मन मिलाओ (संवाद को और गहराई में उतारो)

इसी से बड़े होगे, अलग पहचान बनाने से कोई बड़ा नहीं होता।

धर्म और सम्प्रदाय

धर्म का जिस व्यापक अर्थ में हमारी पूरी परम्परा में प्रयोग हुआ है, उसको ध्यान में न रखते हुए प्रायः लोग इसे अत्यन्त सीमित अर्थ में संकुचित कर देते हैं। इसलिए इस अवधारणा की गहरी भूमिका में उतरना हमारे लिए इस समय बहुत जरूरी है, क्योंकि हमें व्यापक विशद दृष्टि ही इस बड़ी तेजी से बढ़ते विखण्डन और अविश्वास से अन्धकार को बेध सकती है।

धर्म के साथ तीन अर्थ मुख्य रूप से जुड़े हैं, एक तो यह कि जो जीवन को धारण करे वह धर्म है, जो सम्पूर्ण जीवन को सँभाल कर रखे वह धर्म है। इसलिए महाभारत में कई बार इसका उल्लेख हुआ कि जीवन् धर्ममवाप्नुयात्, जीवन जीते हुए ही या दूसरे शब्दों में जीवन को पूरी तरह मन से स्वीकारते हुए, उसकी सार्थकता पहचानते हुए ही धर्म को पाया जाता है। इसकी व्याख्या भी हुई है कि सार्थकता क्या है, इसकी सार्थकता है मानुष भाव में। मानुष भाव अपेक्षा करता है सबके भाव को अपना भाव मानने की। इस भाव से कटना ही नृशंसता है, नरत्व की हत्या है और आनृशंस्य के नकारात्मक भाव से मुक्त होना ही परम धर्म है, चरम धर्म है। महाभारत में तीन बार इस चरम धर्म की परीक्षा हुई, युधिष्ठिर धर्म के प्रतिमान या धर्म के साक्षात् रूप हैं, यह तीन बार प्रमाणित हुआ। युधिष्ठिर के चारों भाई अभिशप्त जल छूकर मर से गये, उस जल की रखवारी करने वाले यक्ष ने युधिष्ठिर से कहा तुम मेरे प्रश्नों का सही उत्तर दो, एक भाई जी जाय। युधिष्ठिर ने समाधान किया और कहा कि एक भाई को जिलाना है तो माद्री से उत्पन्न मेरा छोटा भाई सहदेव जी जाय। यक्ष ने कहा भीम या अर्जुन क्यों नहीं। युधिष्ठिर ने अविचल भाव से उत्तर दिया। आनृशंस्यं परो धर्मः। मैं अपनी मां का एक बचा हूँ, माद्री का भी एक पुत्र बचा रहे, तभी मानुष भाव का निर्वाह होगा। अस्तु चारों भाई जी उठे। दूसरी बार परीक्षा हुई तब चित्रसेन ने दुर्योधन को उनकी पूरी मण्डली के साथ बांधकर बन्दी बना लिया और अर्जुन का मित्र होने के कारण उन्हें समाप्त करने को तैयार हुआ तो दुर्योधन के किसी परिचर ने युधिष्ठिर को वन में समाचार दिया और युधिष्ठिर ने भाइयों से कहा चित्रसेन से कहकर जरूरत पड़े तो लड़कर छुड़ा लाओ। आनृशंस्यं परो धर्मः।

ज्ञान है, यही शुद्ध समझदारी है और यही समझदारी धर्म है जब आचरण में ढल जाय। और यहीं भूमिका सम्प्रदाय की आती है। सम्प्रदाय यदि सही अर्थ में समझा जाय तो धर्माचरण का चौखटा है। सम्प्रदाय की व्युत्पत्ति है जो समष्टि रूप में दिया गया मिले, जो हमें अपनी परिस्थितियों के साथ कैसे समंजस रहा जाता है, इसकी जीवन पद्धति के रूप में मिले। मनु ने कहा कि जिस प्रकार जिस पद्धति से पिता पितामह कुशलतापूर्वक जिये हैं, उसमें मंगल निहित है। यहां महत्व पद्धति से अधिक प्रकार का है। हमें दिया हुआ मिलता है, इसका अर्थ यह नहीं कि यह रूढ़ है। इसका अर्थ है हमें जैसे खेत मिलता है, खेत में बोने के बीज मिलते हैं, हल-बैल मिलते हैं, किस ऋतु में कैसे बोना है, कब क्या करना है, यह पद्धति मिलती है और साथ ही साथ यह भाव मिलता है कि फसल में सबका हिस्सा है, उसके बढ़ने में, पकने में, उसके उपभोग में सबका हिस्सा है, चिरई-चुरुंग, पेड़-पालो सबका हिस्सा है, बढ़ई-लुहार सबका हिस्सा है, वैसे ही यह सम्प्रदाय है। हम सम्प्रदाय के उत्तराधिकारी हैं, पर सम्प्रदाय का उत्तराधिकार सौंपने वाले भी हैं। शैव, वैष्णव और शाक्त जैसे सम्प्रदाय हैं, वैसे ही बौद्ध, जैन, सिख सम्प्रदाय हैं, वैसे ही ईसाई, यहूदी, मुस्लिम (वहां भी शिया सुन्नी) जैसे सम्प्रदाय हैं। हम जैसे दूसरे की खेती में दखल देना उचित नहीं समझते, वैसे ही दूसरे सम्प्रदाय में हस्तक्षेप करना भी उचित नहीं समझते। हम यह भी नहीं सोचते कि अपने सम्प्रदाय में इनको मिला लें, क्योंकि मिलाना होता नहीं, एक दूसरे के साथ मिलना होता है, एक दूसरे से आदान-प्रदान होता है, अलग रहते हुए भी एक दूसरे को समझना होता है। यह समझदारी इस भाव से आती है कि दूसरे को जो दिया गया है, उससे रश्क क्यों हो, उसे छोटा भी क्यों मानें, हम तो यह देखें कि जिस किसी को जो दिया गया है, वह उसे कैसे ले रहा है और कैसे निबाह रहा है। साधना की पद्धति एक हो, यह जरूरी क्यों माना जाय। उपासना एक हो, यह जरूरी क्यों माना जाय। उपासना के शब्द एक हों, यह जरूरी क्यों माना जाय। यह समझदारी इससे भी अधिक साथ रहने से, रहते हुए संवाद स्थापित करने से आती है। हिन्दुस्तान में यह प्रयत्न निरन्तर चलता रहा है, इसी को सत्संग कहा जाता है, इसी को उत्सव और मेला कहा जाता है, और यही छोटे दायरों से बाहर निकलने का उपाय रहा है। फकीर महात्मा के पास जाय तो कोई बड़ा या छोटा बनकर नहीं जाता, बस निरा न-कुछ होकर जाता है, तीर्थ के लिए, जियारत के लिए जाता है तो निःस्व होकर जाता है और वह केवल स्थावर या जंगम तीर्थ से नहीं मिलता, ऐसे असंख्य हृदयों से भी मिलता है, जो उसी की तरह न कुछ हुए विपुल के प्रवाह में नहा रहे हैं। यही मेला है। जाने कबके बिछुड़े मिले, कहो भाई कैसे हो, अलग हुए, एक दूसरे की प्यास से, एक दूसरे की अपेक्षा से भीग कर विलग हुए या ठीक कहें, तो अविलग होकर जुदा हुए। संवाद से अधिक संवाद के हृदय में उतरने का मजा होता है। ऐसे संवादों की स्मृति राह से भटकने नहीं देती।

अब सम्प्रदाय बड़ा छोटा हो गया है, क्योंकि संवाद एक बिचवालिये की भूमिका के कारण संवाद न रहकर विवाद हो गया है। जो लोग जीवन के भाव वाले धर्म से निरपेक्ष

होने का दावा करते रहे हैं, उन्होंने संवाद को विवाद में परिवर्तित कर दिया और फिर दो बिल्लियों के झगड़ा निपटाने के लिए चतुर बन्दर बन गये। उपनिवेशवाद की जो भूमिका थी, वह तो आर्थिक राजनीतिक कारणों से थी ही थी, पर उपनिवेशवादी चिन्तन की भूमिका उससे भी अधिक खतरनाक साबित हुई। इस मनोभाव ने बड़ी कुशलता से यह समझाना शुरू किया कि हिन्दुस्तानी माने हिन्दू, मुस्लिम, सिख, ईसाई यह नहीं कहा कि हिन्दू मुस्लिम सिख ईसाई इन सबके भीतर मौजूद कोई है, जो एक दूसरे की अपेक्षा रखता है, एक दूसरे को स्वीकार करता है, बिना एक-दूसरे को अंगीकार किए हुए वह हिन्दुस्तानी है। यह हिन्दुस्तानीपन केवल सर्वधर्म समभाव नहीं है, यह असमानता को स्वीकार करते हुए सबके भीतर एक दूसरे की अपेक्षा में समान भाव है, इसकी पहचान है। इस समझाने का असर यह हुआ कि सम्प्रदाय दाय या दान न रहकर, देने का भाव न रहकर आग्रहण या छीनने या लेने का भाव हो गया। यह हमारा है, तुमने छीन लिया, हम तुमसे फिर छीन लेंगे, यह भाव हो गया। इस समझाने का सांचा ऐतिहासिक चिन्तन का प्रसाद है। जब यह चिन्तन हावी नहीं था, तब कौन पहले हुआ, कौन बाद में, कौन कब हुआ, इसकी फिक्र किसी को नहीं सताती थी। सब अनादि थे, सब सनातन थे, कोई बीता नहीं था, सब वर्तमान थे, कोई आगे-पीछे नहीं, सब साथ थे, जैसे नदी उद्गम से संगम तक एक होती है, वैसे एक थे। फिर वहां क्या मेरा, क्या तेरा, सब उसका, वह सबका, यह भाव था। इसी से गांव के समाज में जहां यह ऐतिहासिक विभाजन करने वाली समझदारी घर नहीं कर पायी, वहां एक सम्प्रदाय दूसरे सम्प्रदायों के साथ हास-परिहास करता था, चोट भी करता था, कभी-कभी ऐसी चोटें रिवाज बन गयी थीं, पर यह जानते हुए कि सभी सम्प्रदायों को रहना साथ है, जीना साथ है, एक दूसरे का दुःख-दर्द समझाना है, एक दूसरे की खुशी बांटनी है, सम्प्रदाय दीवाल नहीं है, सम्प्रदाय दीपस्तम्भ है, वह किसी दूसरे दीपस्तम्भ का प्रकाश छेंकता नहीं, न उस प्रकाश का विरोध करता है, वह आकांक्षा करता है कि वह अपने आस-पास को ठीक तरह से प्रकाशित करे, ऐसे कि वहां का आदमी महसूस करे कि दूसरे का दीपस्तम्भ उसके लिए कितना महत्वपूर्ण है। आज औपचारिक भाव से तो हम जाने कितने कर्मकांड करते हैं, असम्प्रदायिक कहलाने के लिए हम जाने क्या-क्या कर्मकाण्ड करते हैं, पर रोजमर्रा की जिन्दगी में भूल गये हैं, चाचा-चाची, भाभी-भैया, बेटा-बेटी, जैसे रिश्तों का अछोर फैलाव, जिसमें नदी मां हो जाती है, फसल बेटी और पेड़ बेटा। हम गायेंगे 'मज़हब नहीं सिखाता आपस में बैर करना' यह नहीं गायेंगे कि मानव धर्म क्या सिखाता है, वह नकार नहीं सकार सिखाता है वह सिखाता है कि तुम अपने आप में कहीं कुछ कम हो, पूरा होना चाहते हो तो दूसरे को देखो, समझो, दूसरा बिना बने दूसरे को समझो और तब पूरे होंगे।

आदमी-आदमी के भीतर विश्वास जिस रिश्ते से जुड़ता है, वह रिश्ता ही तो अध्यात्म है, सबसे ऊँची प्रेम सगाई, वह सगाई न हो तो बौद्धिक स्तर पर किये गये सभी मतों के, सभी मजहबों के और सभी रेलीजनों के तुलनात्मक विवेचन मात्र से काम नहीं

चलता। राम-रहीम की एकता से काम नहीं चलता। राम-रहीम तब एक होते हैं जब राम जपने वाला, रहीम जपने वाले के भाव को समझता है और उसकी बेखुदी को समझता है, अपने राम से वैसी बेखुदी पाना चाहता है, जो दूसरे को रहीम से मिल रही है, वह राम को पाना चाहता है, पर रहीम के साथ गहरे जुड़ाव रखने वाले भाई की तल्लीनता अपने में भर कर।

इसलिए संप्रदाय धर्म का आवश्यक अभिलक्षण है, और यह अभिलक्षण मांग करता है कि धर्म कभी दृष्टि से ओझल न हो। बराबर सामने रहे कि हमें अपना सम्प्रदाय प्रिय लगता है, अपना घर अच्छा लगता है, बार-बार यहां लौटने की इच्छा होती है तो दूसरे को भी उसका घर अच्छा लगता है, हम दूसरे से जुड़े हैं इसलिए कि हम दोनों को घरों से लगाव है, घरूपन से दोनों का सरोकार है। निघर जड़हीन लोग जैसा भी सोचें पर घर वाला किसी घर की बरबादी की बात नहीं सोचेगा। इसलिए सम्प्रदाय रहें, सम्प्रदाय धर्म के व्यापक धर्म के परिचालन के लिए रहे, धर्म के लिए रहे, धर्म की प्रतीति के लिए रहे और मनुष्य के भाव की आस्तिकता को प्रमाणित करने के लिए रहे। तब सम्प्रदाय एक दूसरे के विरोधी नहीं होंगे, सम्प्रदाय सम्प्रदाय के प्रतिस्पर्धी नहीं होंगे, सम्प्रदाय सम्प्रदाय के रस्मी तौर पर हमराही या फेलो ट्रेवेलर भी नहीं होंगे, वे बस होंगे, विशाल होने के प्रवाह में सहायक, प्रेरक और नियामक। अलग दिखना, अलग पहचाना जाना अच्छी बात है, बुरी बात नहीं पर अलग होना, अलग होने की कोशिश करना अशुभ है, अमंगल है।

निश्चय ही धर्म और सम्प्रदाय की इन अवधारणाओं और अपेक्षाओं में हम पैठेंगे तो कुछ अधिक सम्पन्न होंगे, अधिक भरे पूरे होंगे, अधिक सकारात्मक और भावात्मक भूमिका निभाने वाले भारतीय होंगे।

भारतीय विचारक : याज्ञवल्क्य

याज्ञवल्क्य के सन्दर्भ कई ग्रंथों में मिलते हैं। कुछ सन्दर्भ शुक्ल यजुर्वेद संहिता से, कुछ शतपथ ब्राह्मण से, कुछ बृहदारण्यक उपनिषद से, कुछ याज्ञवल्क्य स्मृति, याज्ञवल्क्य शिक्षा और योगि याज्ञवल्क्यम् से। इतना स्पष्ट है कि यह एक याज्ञवल्क्य व्यक्ति नहीं हो सकते, यह याज्ञवल्क्यों की परम्परा है और परम्परा है तो इनमें कहीं न विचारों की क्रमबद्धता और एकसूत्रता होनी चाहिए, उसी की तलाश करते हुए याज्ञवल्क्य परम्परा के चिन्तन की परिधि में कुछ बातें करना चाहता हूँ।

याज्ञवल्क्य का संदर्भ पुराणों में इस प्रकार मिलता है कि अपने गुरु शाकल्य से वेद पढ़ा, गुरु ने मंत्राक्षर देने के लिए शिष्य को अपने यजमान राजा के यहाँ भेजा, राजा उस समय शुचि नहीं थे, उन्होंने कहा वह स्तम्भ है उस पर रख दें। याज्ञवल्क्य ने रखा और चले आये। वह स्तम्भ फल-फूल से युक्त हरा भरा वृक्ष हो गया। शाकल्य ने डांटा तुम्हें प्रतीक्षा करनी चाहिए थी। दूसरे शिष्य को भेजा। राजा ने मंत्राक्षर लिया और दूसरे खम्भे पर रखा वह जैसा का तैसा रहा, राजा ने शाकल्य से याज्ञवल्क्य को भेजने को कहा, वहाँ याज्ञवल्क्य नहीं गए, कहा, राजा ने अपमान किया। शाकल्य ने कहा मुझे ऐसा शिष्य नहीं चाहिए। तुम मुझसे पढ़ी विद्या त्याग दो। याज्ञवल्क्य ने तुरंत विद्या उगल दी और दूसरे शिष्यों ने तित्तिल बनकर वह सब चुगा जिससे तैत्तिरीय शाखा विकसित हुई। दूसरी ऐसी कहानी वैशम्पायन और याज्ञवल्क्य से जुड़ी हुई है। वैशम्पायन ही यजुर्वेद के प्रवर्तक थे, उन्हें ब्रह्म हत्या का पाप लगा, शिष्यों को जुटाया कहा सब मिलकर प्रायश्चित करो याज्ञवल्क्य भी शिष्य थे। उन्होंने कहा और शिष्यों को मत कष्ट दें उनका सामर्थ्य सीमित है मैं अकेले ही सब कर दूँगा। इस पर वैशम्पायन बिगड़ गए, बोले तुमने दूसरे शिष्यों का अपमान किया है। मुझसे पढ़ी हुई विद्या उगल दो, याज्ञवल्क्य ने कहा, मैंने अपमान करने के लिए नहीं कहा, पर आप ऐसा सोचते हैं तो लीजिए मैं वेद त्याग करता हूँ जैसे हाथी सूड़ से पानी लेता है और उड़ेल देता है वैसे ही उन्होंने विद्या उड़ेल दी।

पुनः उन्होंने आदित्यों की 'उपासना की और सूर्य ने प्रसन्न होकर कहा--वर माँगो-- याज्ञवल्क्य ने कहा, मुझे शिष्य बनाइए। सूर्य ने कहा, मैं एक क्षण भी रुक नहीं

सकता, रुकूँ तो सृष्टि न चले। तुम मेरे रथ के प्रमुख अश्व के कान में लघु रूप में प्रविष्ट हो जाओ और रथ चलता रहेगा, तुम वेद भी सुनते रहोगे और इस प्रकार याज्ञवल्क्य ने सांगोपांग वेदों का अध्ययन किया। कहीं-कहीं कहानी मिलती है कि सूर्य ने अश्व का रूप धारण किया और कहीं मिलती है कि याज्ञवल्क्य ने। परन्तु ये सभी कहानियां इंगित करती हैं कि याज्ञवल्क्य एक तेजस्वी, प्रतिभाशाली और विद्रोही शिष्य थे, वे गुरु के प्रति अंधी श्रद्धा नहीं रखते थे और उन्होंने गुरु को स्वीकार किया पर जिससे शुक्ल यजुर्वेद का रहस्य ज्ञान प्राप्त किया वह उनका भीतरी प्रकाश था। उन्होंने सृष्टि के कालचक्र के साथ अपने को गतिशील बनाते हुए वेद विद्या सीखी।

ऐसे याज्ञवल्क्य के कई नाम हैं, देवरात, ब्रह्मरात, वाजसनि। याज्ञवल्क्य का एक अर्थ यज्ञ या वल्क है, वस्त्र जिनका, ऐसे ब्रह्मा अर्थात साक्षात् विधाता के पुत्र होने के नाते याज्ञवल्क्य कहलाए। या ऐसा अर्थ करें कि ब्रह्म के मंत्र का अर्थ ग्रहण करें तो सीधे मंत्र का आविर्भाव उनमें हुआ इससे वे याज्ञवल्क्य कहलाए। उनकी वंश परम्परा या शिष्य परम्परा याज्ञवल्क्य नाम से अभिहित हुई और इस वंश परम्परा का संबंध मिथिला के जनकों से बहुत घनिष्ठ हुआ। युधिष्ठिर के यज्ञों में इनका सम्मिलित होना यह सूचित करता है कि याज्ञिक अनुष्ठान में याज्ञवल्क्य परम्परा के ऋषि बड़े कुशल थे, वे सादर बुलाये जाते थे, वे यज्ञानुष्ठान का मर्म समझाते थे, भीतरी अर्थ का अनुसंधान करते थे। इसकी पुष्टि शतपथ ब्राह्मण के अनेक सन्दर्भों से होती है। जहां याज्ञवल्क्य ने प्रचलित अनेक विधियों का खण्डन करते हुए यज्ञ की आत्मा के अनुकूल विधि की बात की है और उसकी उपपत्ति दी है इन उपपत्तियों के विस्तार में जाने का यहां अवसर नहीं है। इनसे ये निष्कर्ष निकाले जा सकते हैं कि याज्ञवल्क्य एक तो वाक् या सरस्वती की प्राथमिकता मानते हैं उसी से अभ्यनुज्ञा लेकर यजमान कार्य प्रारम्भ करें।

दूसरे यज्ञानुष्ठान में प्रत्येक क्रिया को प्रतीक रूप में लेते हैं, वे यज्ञ को सम्पूर्ण सृष्टि की प्रक्रिया का अनुवर्त्तन मानते हैं इसलिए क्रिया की शुद्धता पर बल देते हैं।

और तीसरे वे एक सांस में ऋचाओं के पाठ का निषेध करते हैं। एक-एक ऋचा के बाद सांस लेने पर बल देते हैं जिससे बीच में सांस न टूटे।

एक निष्कर्ष इन सन्दर्भों से यह भी निकलता है कि याज्ञवल्क्य आँख मूंद कर किसी कर्मकाण्ड को नहीं ग्रहण करते, उसकी साभिप्रायता समझने की कोशिश करते हैं। इसीलिए वे भारतीय चिंतन की बौद्धिक तेजस्विता के प्रतिमान माने जाते हैं।

याज्ञवल्क्य के बारे में जो अनेक कहानियां बृहदारण्यक उपनिषद् में मिलती हैं। याज्ञवल्क्य पश्चिम भारत से पूर्व भारत की ओर यात्रा करते हैं और राजर्षि जनक की सभा में ब्रह्मवादियों से शास्त्रार्थ करके उन्हें अपनी विद्या से चमत्कृत करते हैं। दूसरी ओर वे जनक से अग्निहोत्र के सूक्ष्म रूप का ज्ञान भी शिष्य होकर प्राप्त करते हैं। इससे उनकी विनम्रता और तेजस्विता दोनों प्रकट होती है, वे जिज्ञासु हैं, विनम्र हैं, वे अपने द्वारा प्राप्त ज्ञान के संबंध में आत्मविश्वासी हैं इसके कारण बड़ी तेजस्विता के साथ शास्त्रार्थ

शुरू होने के पहले कहते हैं -

शिष्य सोमश्रवा, शास्त्रार्थ में ब्रह्मविद् सिद्ध होने वाले के लिए राजा ने ये गायें इनकी सींग सोने से मढ़ाकर सामने रखवायी हैं, इन्हें हाँक ले चलो 'पहले अपने को ब्रह्मवेत्ता प्रमाणित तो कर लो'। याज्ञवल्क्य कहते हैं गो कामा वयं ब्रह्मविदो नमस्कुर्मः हमें गायों की आवश्यकता है आश्रम में, ब्रह्मवेत्ताओं को मैं नमस्कार करता हूँ। इसके बाद वे शास्त्रार्थ के लिए जम जाते हैं। एक के बाद दूसरे प्रतिहत होते जाते हैं, अन्त में आती हैं महर्षि वचक्नु की पुत्री गार्गी और गार्गी पूछती जाती है एक-एक तत्व किसमें ओत-प्रोत है। याज्ञवल्क्य स्थूल से सूक्ष्म की ओर जाते हुए ब्रह्मलोक तक जाते हैं। गार्गी कहती है ब्रह्मलोक किसमें ओत-प्रोत है। याज्ञवल्क्य कहते हैं आगे न पूछ गार्गी तेरा मस्तक गिरकर अलग हो जायेगा। वे समझाना यह चाहते हैं कि तर्क की सीमा है, कुछ रह जाता है जो तर्कातीत है, तर्क करो तर्क से तर्क की सीमा को पहचान कर डूब कर परम तत्व को समझो, अपने अहंकार को विसर्जित करके परम तत्व को समझो।

एक दूसरे प्रसंग में गार्गी को याज्ञवल्क्य ने अक्षर तत्व का उपदेश दिया और कहा कि इसी अक्षर तत्व में आकाश ओतप्रोत है। वह न स्थूल है और न सूक्ष्म, न छोटा न बड़ा, वह इन्द्रिय ग्राह्य नहीं है, वह मन नहीं प्राण नहीं। उसी की आज्ञा से देशकाल की व्यवस्था चलती है, यज्ञसंस्था चलती है और मनुष्य का दिव्य शक्तियों से परस्पर साहचर्य चलता है।

अनेक प्रसंगों में अनेक कृच्छ्र व्रतों का प्रतिषेध करते हुए याज्ञवल्क्य ने सत्य भाषण को ही परम व्रत माना और कहा कि यो वै धर्मः सत्यं वैतत्तस्मात् सत्यं वदन्तमाहुः धर्मं वदतीति धर्मं वा वदन्तं सत्यं वदतीति अर्थात् जो धर्म है वही सत्य है इससे जो सत्य बोलता हे उसे धर्मवादी कहते हैं, प्रतिलोम में जो धर्म की बात करता है उसे सत्यवादी कहते हैं सत्य और धर्म एक है।

महर्षि याज्ञवल्क्य की दो पत्नियों का उल्लेख है मैत्रेयी और कात्यायनी। कात्यायनी का एक नाम कल्याणी भी है। महर्षि ने गृहस्थाश्रम का त्याग करते हुए दोनों पत्नियों में सम्पत्ति का बंटवारा करना चाहा तो मैत्रेयी ने कहा, मुझे सम्पत्ति नहीं चाहिए, मुझे तत्वज्ञान दो और मैत्रेयी को तत्व ज्ञान का उपदेश उन्होंने दिया। कात्यायनी गृहस्थाश्रम में संसक्त रही, उसी के गर्भ से महर्षि को कात्यायन पुत्र की प्राप्ति हुई।

स्मृतिकार योगशास्त्रकार और शिक्षा ग्रंथ के रचयिता याज्ञवल्क्य परम्परा के उत्तरवर्ती विद्वान् हैं। याज्ञवल्क्य स्मृति ही व्यवहार में (वाद-विवाद निर्णय में) सबसे अधिक प्रामाणिक हैं। मनु का आदर आचार के क्षेत्र में अधिक है। पर याज्ञवल्क्य की स्मृति ही सम्पत्ति के विभाजन, सामाजिक आचार के नियमन आदि के विषय में प्रमाण मानी जाती है। उसी की तीन व्याख्याओं मिताक्षरा, दायभाग और मयूख के आधार पर अलग-अलग क्षेत्रों में उत्तराधिकार की भिन्न-भिन्न मान्यताएं प्रसृत हुईं।

समष्टि रूप में यह निश्चय रूप से कहा जा सकता है कि याज्ञवल्क्य परम्परा गुरु के

प्रति आदर-भाव रखते हुए भी सत्य की खोज के लिए स्वयं प्रयत्नशील रहने पर बल देती है। यज्ञ को सजीव पुरुष के रूप में देखती है, इसे घिसापिटा कर्मकांड नहीं मानती। यह परम्परा चेतना की सर्वव्यापकता की पहचान कराती है, देशकाल को समझते हुए आचार या अनुष्ठान का विधान करती है। यह परम्परा वाक् की शुद्धता के निर्वाह पर बल देती है और यज्ञ में प्रयुक्त होने वाले प्रत्येक शब्द के मर्म तक जाती है। इसी कारण सृष्टि के मूल में यह अक्षर तत्व का अनुसधान भी करती है। यह परम्परा लोक व्यवहार का और प्राकृतिक व्यवहार का समादर करती है, इन्हें ही याज्ञिक अनुसंधान का आधार मानती है। इस प्रकार इसने उदार सामाजिक और परिवेशात्मक सामंजस्य दृष्टि पर बल दिया, यह परम्परा प्रत्येक अनुष्ठान में सौष्ठव लाने का प्रयास करती है क्योंकि यह समग्रता और अखण्डता पर बल देती है।

संक्षेप में याज्ञवल्क्य नाम भारतीय चिन्तन में एक प्रतिमान है। यह भारतीय चिन्तन की सतत गतिशीलता और वाणी, कर्म और आचरण में लयबद्धता तथा सत्यानुसन्धित्सा की निरन्तरता को जगाये रखने की परम्परा है। यह कभी पुरानी नहीं पड़ेगी।

संस्कृति और हिमालय

हिमालय हमारे मन में ऊँचाई विस्तार विपुलता शुभ्रता सात्विकता और पवित्रता का संपुंजित आकार क्यों बना हुआ है, इसका उत्तर या तो कालिदास में मिलता है, जो हिमालय को देवताओं का घर नहीं, देवताओं की आत्मा या साक्षात् देवता ही कहते हैं या फिर लोककथाओं और निजन्धरी गाथाओं में मिलता है जहाँ हिमाली राजा और उनकी दुलारी बिटिया पार्वती की महिमा और उनके वैभव का विपुल वर्णन है।

हिमालय को जिन लोगों ने पहरुये के रूप में देखा, उनकी दृष्टि छोटी थी। जिन्होंने बर्फीली ध्रुव प्रदेशीय हवाओं के लिए ओट या दीवाल के रूप में देखा है, उनकी दृष्टि भी बहुत स्थूल है। जैसे गंगा जीती जागती प्रत्यक्ष देवता है, देवताओं की देवता है, वैसे ही हिमालय जीता जागता देवता है, देवता का अर्थ है प्रकाशित होने वाला, प्रकाशित करने वाला, हिमालय की शिखरपंक्ति को सुबह-शाम दिन में जिसने देखा होगा, वह जानेगा कैसे उदयकालीन सूर्य की आभा हिमालय की घोटियों को छूकर रंग पाती है, केवल हिमशिखर सूर्य स्नान नहीं करते, सूर्य भी हिमस्नान करता है और कृतार्थ होता है। सूर्य जैसे अपनी पहचान पाता है, उषा जैसे आशीर्वाद पाती है, सन्ध्या जैसे अपने ध्यान का साकल्य पाती है। और कैसा होता है देवता ! हिमालय में यात्रा करते समय, साँसों का हिसाब होता है, पैदल चढ़ाई में यदि गंगा की किसी धारा के किनारे चल रहे हों तो लगता है सांसें बस ऊपर उठती जा रही हैं। तब नीचे देखने का साहस नहीं होता। इतनी ऊँचाई से नीचे क्या देखें। कहीं रुक जाते हैं तो जो हिमशिखर झांकते हुए पहाड़ी राह पर खुले मौसम में हंस देते हैं, उनसे तबियत निहाल हो जाती है। मन में होता है और साहस करो, हिमालय बुला रहे हैं, और पास आओ, और पास आओ। मनुष्य की नियति निरन्तर ऊँचे उठने की है। अब आप ही सोचें हिमालय देवता है न, बड़ा ही पुत्रवत्सल देवता। जितना दूर, उतना समीप, जितना अगम्य कठोर उतना ही अपने भीतर बहता हुआ रस। आखिर नदियां हिमालय ही तो हैं, उनका जल हिमालय ही तो है और उन नदियों की मिट्टी में पला-पुसा शरीर हिमालय ही का तो प्रसाद है। हिमालय भारत का शान्त उज्ज्वल कश्मीर तिलकित भाग ही नहीं, वह गम्भीर उदात्त चिन्तन करने वाला मस्तिष्क भी है, सारे भारत की

प्राणनाड़ियों का केन्द्र भी है। हिमालय को भारत नगाधिराज केवल ऊँचाई के कारण नहीं मानता, उससे उम्र में बड़ा है विन्ध्य, परन्तु हिमालय को यह प्रतिष्ठा उसकी उदार दानवृत्ति के कारण और उसकी तरुण सर्जनशीलता के कारण दी गई है। भारत साधना की नयी ऊर्जा को आदर देता है, तरुण तपस्या को शिवत्व का वरदान देता है और इसीलिए पृथ्वी के इतिहास में अपेक्षाकृत नये पर्वत को प्रतिष्ठा देता है कि प्रतिष्ठित होते ही उसने भूगोल बदल दिया, सागर को उर्वर भूमि बना डाला और भारत को तना हुआ धनुष बना डाला, सक्रिय, कर्मठ और सदैव दूसरे के हित के लिए सन्नद्ध।

पुराणों में कहानी आती है कि पृथ्वी बांझ होने लगी तो पृथु ने पृथ्वी को गौ के रूप में खड़ा किया, हिमालय को बछड़ा बनाया, हिमालय के प्रेम से पिन्हा कर पृथ्वी से औषधियाँ दुहीं। हिमालय जिसका बछड़ा हो, वह पृथ्वी कितनी धन्य है, उस पृथ्वी से मिला हुआ औषधियों का रस कितना महनीय होगा। बरसों पूर्व महापंडित राहुल सांकृत्यायन ने हिमालय की पुकार की बात की थी, विद्यानिवासजी यहां प्रयाग में काम समेटिए, हिमालय बुला रहा है, वहीं शेष कार्य होगा, और उन्होंने कलिम्पोङ् में कुछ दिनों तक डेरा डाला, मैं साथ कुछ महीने रहा, मेरे लिए सब व्यवस्था कर दी गई थी। उनके पार्वती नामक बंगले से प्रतिदिन ऊपर कंचनजंघा के दर्शन होते थे, नीचे साड़ी की किनारी की तरह पतली तिस्ता के। तभी हिमालय मेरे मन में रचा पचा। उसके कुछ समय बाद मैंने हिमालय की इस पुकार को अस्ति की पुकार संज्ञा देते हुए एक लेख भी लिखा था, जिसमें मैंने हिमालय को अस्ति की पुकार कहा। यह भी कहा हिमालय अस्ति है, वह देश की सत्ता है, हिमालय के रहते हुए अनुभव करते हैं कि हम हैं, हम जीवित हैं, हम गरिमामय हैं। जिन लोगों ने चीनी आक्रमण के बाद सोचा, हिमालय हार गया, वे यह सोच भी सकते थे कि हारना-जीतना कुछ महत्व नहीं रखते, हार-जीत में भी बने रहना, स्वाभाविक होकर वर्तमान रहना महत्व रखता है, हिमालय निरा पहाड़ नहीं है, वह जीती जागती क्रिया है, क्योंकि हिमालय साधना स्थली है, वह रमणस्थली कुछ के लिए हो, पर अधिकांश के लिए साधना स्थली है, तीर्थयात्रा की स्थली है। हिमालय का कण-कण पुकारता है होने के अर्थ होते हैं, पवित्र होना, दृढ़ होना, अविचल होना, दूसरे लिए सुखद होना शीतल होना है। तीर्थयात्री अपने भीतर इन्हीं सम्भावनाओं को उभारने के लिए इन तीर्थों में जाता है, केदारनाथ जाता है, बदरीनाथ जाता है, अमरनाथ जाता है, नन्दादेवी जाता है, मुक्तिनाथ जाता है, हिमालय की दुलारी दुहिताओं के किनारे-किनारे ऊपर चढ़ता चला जाता है, जैसे वह ऊपर खिंचा जा रहा हो, बस इसी भाव से हम अपने भीतर जो नहीं देख पा रहे हैं वह हिमालय दिखा दे। यही तो अस्ति की साधना है, यही सच्ची आस्तिकता है। उसी लेख में मैंने बहुत गहरी व्यथा से लिखा था हिमालय भूगोल रहता तो उसे भूलना आसान था, कमरे से नक्शे हटा देने से इस समस्या का समाधान हो जाता, और अगर यह इतिहास होता तो भी प्रगतिशील होकर इससे मुक्ति मिल जाती, यह अगर केवल चौकीदार होता तो नींद की गोली से इसके परवल की पुकार से छुट्टी मिल जाती, पर यह न भूगोल है, न इतिहास

है, न भूगोल का इतिहास का प्रहरी, यह तो बस है, शुद्ध अस्ति है, न भूत न भविष्यत्। हिमालय का यह अस्ति रूप हमारी सिरजने की इच्छा का मूर्त रूप है। इस अस्ति रूप का स्मरण हमें झकझोर कर रख देता है, इसकी छुवन मात्र से हमारे विजड़ित चित्त में संजोयी वस्तुएं सड़ांध से ग्रस्त हो जाती हैं, हम एकदम अपनी नकली पूंजियों से निःस्व हो जाते हैं, अनरचे रचयिता बनने की समस्त सुविधाएं एकदम गलने लगती हैं, हमारा स्व इन सब बाहरी खोलों को नकारने वाला स्व दिपने लगता है और उस स्व से डर लगता है। वह स्व कहता है कि हिमालय किसी जाति का नहीं है, उसमें शिव कभी किरात बने घूमते हैं, कभी द्रविड़ बने, कभी कोल बने, कभी गोरे चिट्टे, लम्बे चौड़े पुरुष बने घूमते हैं, हर रूप में शिव घूमते हैं, इसलिए हिमालय इन सब रूपों को असीसता है, इनसे अधिक इनमें व्याप्त शिवता को असीसता है।

मैं हिमालय की यात्रा पर जब-जब निकला हूँ तो लौटने पर यही लगा है कि यात्रा अभी पूरी नहीं हुई, शायद शुरू ही नहीं हुई, अभी तो संकल्प जगा। हिमालय की यात्रा तब पूरी होगी जब मन उतना विशाल बनेगा, उतना पवित्र बनेगा, उतना उज्ज्वल बनेगा, वह कहाँ इस जन्म क्या अनेक जन्मों में होता है।

भारतीय संस्कृति के बारे में अधिक तो मैं जानता नहीं, पर इतना जरूर जानता हूँ कि विपुलता (या उपनिषदों में जिसे भूमा कहा गया उसी) में इस संस्कृति का संचरण होता है, छोटे घर में रहने वाली यह संस्कृति नहीं है, यह तो मुक्त आकाश से बात करने वाले शिखरों में रमने वाली संस्कृति है। इस संस्कृति के प्रवक्ता इसी से नारद जैसे रमता प्राणी हैं, श्रीराम जैसे निर्वासित वनयात्री राजकुमार हैं, श्रीकृष्ण जैसे योगेश्वर ब्रजबिहारी हैं, बुद्ध महावीर जैसे परिव्राजक हैं, श्री शंकराचार्य जैसे दिगन्तनापी दुर्धर्ष संन्यासी हैं, विवेकानन्द और रामतीर्थ जैसे जाग्रत् और अलमस्त साधु हैं।

इस संस्कृति की व्यवस्था भोजपत्रों और ताड़पत्रों पर लिखी पोथियों में जितनी मिलती है, उनसे अधिक सूधे मने सूधे वचन सूधी सब करतूति वाले सहज जीवन बिताने वाले साधारण लोगों की भाव भरी आचार पद्धति में मिलती है। सबमें रहने वाला कैसे अपने में रहता है और सही माने में अपने में रहने वाला कैसे सबमें रहता है, यह जानना हो तो हिमालय के ऊँचे पहाड़ों पर बकरियों के ढोर चराने वाले से मिलें, दूर सघन जंगलों में सूखी वनोपज बटोरने वाली स्त्रियों से मिलें, उनके गीतों से मिलें, उनके उत्सवों से मिलें, कुल्लू में किन्नौर में, कुमायूँ में गढ़वाल में, नेपाल में, सिक्किम में, अरुणाचल में, आपको संस्कृति के सहज छन्द की पहचान मिल जायेगी। इसी माने में हिमालय हमारी संस्कृति है, केवल संस्कृति की पहचान नहीं, उस संस्कृति का अनुभाव्य रूप है। भारतीय संस्कृति और हिमालय में या भारतीय संस्कृति और गंगा में अन्तःसम्बन्ध की बात सोचना ही पिष्ट-पेषण है, चर्वित चर्वण है, हिमालय, गंगा और अनन्त महासागर तीनों मिलकर इस संस्कृति को रूप देते हैं। महत्व के लिए गरिमा के लिए हिमालय प्रतिमान है, पवित्रता और दूसरे के हित के लिए गंगा और गाम्भीर्य के लिए अनन्तता के लिए सागर। तीनों मिलकर

भारतीय संस्कृति है, गंगा सबको साथ लेकर चलती है, वह गति है, हिमालय आदर्शों के आलोक की सुबह-शाम कसौटी है, वह इस संस्कृति का मानदण्ड है, सागर सबको समोकर अपूर्व आनन्द में निमग्न परिपूर्णता है, वही गन्तव्य है।

कालिदास ने जो कुमारसम्भव में पहले ही श्लोक में वन्दना की--

अस्त्युत्तरस्यां दिशि देवतात्मा
हिमालयो नाम नगाधिराजः।
पूर्वापरौ तोयनिधी वगाह्य
स्थितः पृथिव्या इव मानदण्डः।।

है, साक्षात सत्ता है उत्तर दिशा में फैला हुआ देवस्वरूप हिमालय नामधारी पर्वतराज, जो पूर्व और पश्चिम समुद्रों को थहाकर इस पृथ्वी का स्थायी मानदण्ड बना खड़ा है। इसका हेतु था कालिदास कुमारसम्भव लिखना चाहते थे, कुमारसम्भव की भूमि तलाश रहे थे, वह भूमि हिमालय की दुहिता पार्वती में उन्हें दिखाई दी और उस पार्वती के अवतरण के लिए उन्होंने हिमालय की वन्दना की, हिमालय की रागमयी तपोमयी और आलोकमयी प्रकृति का वर्णन किया, उन सबकी रचना ही तो पार्वती है और पार्वती ही देवताओं की विपत्ति टालने वाली नयी शक्ति की प्रसविनी भूमि भी है।

भारतीय संस्कृति सर्वदा रचनाशीलता को सबसे अधिक महत्व देती है, हिमालय की महिमा उसकी सन्तानों और सन्तानों की सन्तानों से है। हिमालय की समृद्धि सागर की समृद्धि से जुड़ी हुई है, दोनों एक दूसरे से उपकृत होते रहते हैं, भारतवर्ष का न केवल भौतिक वातावरण बल्कि भीतरी वातावरण भी इन दोनों से पोषित होता रहता है। सर्जना की इच्छा और परिपूर्णता ये ही ध्रुव हैं हमारी सांस्कृतिक यात्रा के। हिमालय सर्जना है, सागर पूर्णता। नदियां यात्रा हैं।

कालिदास ने हिमालय की गुफाओं में छिड़ने वाले संगीत के लिए तान देने वाली क्षमता का दिग्दर्शन कराया है--

यः पूरयन् कीचकरन्ध्रभागान् दरीमुखोत्थसमीरणेन।
उद्गास्यतामिच्छति किन्नराणां तानप्रदायित्वमिवोपगन्तुम्।

हिमालय अपनी गुफाओं से आती बयार के बाँसों से पोरों को भरते हुए गाने-गाने को आतुर किन्नरों की संगीति में तान भरना चाहता है। हिमालय कला साधना और मनोहर जीवन की भूमि है, यही रचना की भूमि है, इसीलिए प्रजापति ने विधाता ने अनुभव किया कि हिमालय यज्ञ की सभी सामग्री यही होती है, पुनरुत्पादन ही यज्ञ है, सृष्टि का अनुकलन ही यज्ञ है, इस यज्ञ का सम्भार हिमालय है अतः इसे शैलाधिराज की प्रतिष्ठा देते हुए यज्ञ का भागीदार बनाना चाहिए।

यज्ञांगयोनित्वमवेक्ष्य यस्य सारं धरित्रीधरणक्षमं च।
प्रजापतिः कल्पितयज्ञभागः शैलाधिपत्यं स्वयमन्वतिष्ठत्।।

हिमालय के बारे में कालिदास की वह पहचान आज भी बनी हुई है, बस आँखों के

आगे धूप के चश्मे का पर्दा पड़ा हुआ है, दृष्टि हमारी शुभ्र नहीं है। हम सैलानीपन में मदमस्त हिमालय को अपनी आमोद-प्रमोद के कूड़े के निस्तरण या भोगवाद में उन्मत्त हिमालय की तलहटियों के जंगलों को काटकर उनके अनपेक्षित अपव्यय में भूल गये हैं हिमालय क्या है, हिमालय हमारा जीवन स्रोत है, हमारा ऊर्जा-स्रोत है, हमारी कर्मठता का स्रोत है, हमारी प्रज्ञा का स्रोत है। कालिदास उसी अस्ति का स्मरण कराना चाहते हैं कि संस्कृति अस्ति पदार्थ है और हिमालय उस अस्ति का शुभ्र आलोकित नयनाभिराम रूप। यह हमारी आँखों में झूलता रहे, हम कहीं थकें हारें हमें पुकारता रहे, हमें असीसता रहे, हम कहीं अभितप्त हों, हमें सहलाता रहे, यह रहे ताकि हम रहें।

गुरु अर्जुनदेव का जीवन-दर्शन

श्री गुरु ग्रन्थ साहब के संकलनकर्त्ता गुरु अर्जुनदेव वेद व्यास की तरह व्यापक दृष्टि रखने वाले हैं। सुकरात की तरह सच्चाई के लिए आहुति देने वाले, भगवद्-भक्ति को आचरण में रूपान्तरित करने वाले तथा संगीत को सन्त भाषा देने वाले पांचवें गुरु श्री अर्जुनदेव का स्थान दस सिक्ख गुरुओं में अपने ढंग का एक अलग स्थान है। उनकी बात शुरू करने से पहले मैं उस व्यापक ज्योति की बात करना चाहता हूं जो श्री गुरु अर्जुनदेव के बाहर और भीतर जगमगाती है। यह ज्योति आदिदेव श्री गुरुनानक देव ने जगाई थी। कहा जाता है कि श्री गुरुनानक देव जगन्नाथपुरी गएः वहां श्री जगन्नाथ जी की आरती के समय उनके कण्ठ से सहसा एक आरती का पद गा उठा। इस ब्रह्माण्डव्यापिनी आरती में पूरा आकाश एक विराट थाल है। इसमें एक सुनहला दीया सूरज है। एक रुपहला दीया चांद है। असंख्य तारे मोती की तरह बिखरे पड़े हैं। इसके साथ-साथ जो धूप जलती है वह कुछ नहीं मलयानिल है। समस्त विश्व की वनराजि अपने छोटे-छोटे फूलों से आरती की गमक और आरती की उजास बढ़ा रही है। भव के बन्धन को तोड़ने वाले की और दूसरी आरती कैसे होगी। अनहद शब्द की भेरी बज रही है। सहस्र-सहस्र आंखें जो देख रही हैं वे आंखें भी तो परमात्मा ही हैं। सहस्र-सहस्र चरण जो आरती घुमाये जाने के साथ-साथ थिरक रहे हैं, वे भी तो परमात्मा के ही हैं। वह परमात्मा दिखाई पड़ता है, सब जगह दिखाई पड़ता है, और कहीं दिखाई नहीं पड़ता। सारे संसार में जो एक आरती की बेला में सुगन्ध उग रही है वह प्रमाण है, वह कहाँ से निकल रही है। वह परमात्मा के अदृश्य-अगोचर पर हर एक के अनुभव में समाये हुए भाव से। उसी की ज्योति आंखों में है, उसी की ज्योति दृश्यों में है, उसी की ज्योति भीतर है। गुरुनानक इस जयोति के साक्षी हैं और विनती करते हैं कि हे निराकार,सर्वाकार प्रभु जो तुम्हें भावे वही तुम्हारी आरती है। वह सूर्य हो, चन्द्रमा हो, तारे हों, फूल हों, अनहद की भेरी हो, नानक की विनती हो, आरती को देखने वाली आंख हो और आरती में खोने वाला मन हो, सभी तो तुम्हारी आरती है। आरती का पूरा पद इस प्रकार है--

गगन मै थालु रविचन्द दीपक बने तारिका मण्डल जनक मोती।
धूप मलआनलो पवनु चवरो करे सगल वन राय फुलन्त जोती।

गुरु अर्जुनदेव ने इस ज्योति की विरासत तीन स्रोतों से पाई थी-अपने पिता श्री गुरु जी रामदास से अविचल श्रद्धा के रूप में, अपनी मां श्री भाणी जी से सहज पवित्रता के रूप में और नाना श्री गुरु अमरदास से जनसेवा और निष्काम कर्म की दीक्षा के रूप में। वे सहज कवि थे, पर कवि होने के साथ-साथ सहज योगी भी थे। अपने पिता के सबसे छोटे पुत्र थे, सबसे बड़े तो माया में लिपटे हुए थे। बीच वाले एकदम उदासीन थे। स्वाभाविक रूप से श्री गुरु अर्जुनदेव को गद्दी नहीं मिलनी थी, पर उन्होंने बिना गद्दी पर बैठे मध्य पंजाब में जन कल्याण में अपने को अर्पित कर दिया था। वे केवल परमेश्वर के प्रेम के गीत ही नहीं गाते थे श्री गुरु रामदास के द्वारा आबाद की गई 'गुरु का चक्क' की नई बस्ती में श्रम करने वाले गरीब लोगों की जीविका के लिए सम्मानजनक व्यवस्था भी कर रहे थे। इसके साथ-साथ वे सामाजिक समानता लाने के लिए गुरु अमरदास के द्वारा चलाए गए लंगर का कार्य भी संभाल रहे थे। इसलिए इस दृढ़ संकल्पी, साहसी, कर्मयोगी और भावुक युवक को अट्ठारह वर्ष की उम्र में गुरु की गद्दी दी गई। बड़े भाई पहले भेंट की आमदनी सम्हाला करते थे, उन्हें बुरा लगा और उन्होंने अलग गद्दी बना ली। गुरु अर्जुनदेव ने इस घरेलू खींचातानी को दूर करने के लिए उचित समझा और एक कम्बली लेकर चले गए। जहाँ आज पिप्पली साहब गुरुद्वारा है वहीं एक मामूली छप्परी बना ली और भूमि पर आसन जमा लिया, आटा पीसने के लिए चक्की रख ली और इस खानाबदोशी में जीवन का असली रस चखने लगे। लोगों ने कहा आप यहाँ क्यों कोने में बैठे हैं ? इस पर उन्होंने अपने रंग में गाते हुए उत्तर दिया--यह छप्परी भली जहाँ हरि का गुन आदमी के कण्ठ पर अपने आप आता है, वह 'धउलहर' किस काम का जहाँ हरि बिसर जाते हैं। इस चक्की पर आटा पीसते हुए और रात में कम्बली ओढ़कर जाड़ा नकारते हुए जो सुख-सन्तोष मिलता है वह राजा के राज्य में क्या मिलेगा। एक रंग में रंग जाए और नंगा भी फिरे, उसकी शोभा अलग है, उसके आगे 'पाट पिताम्बर' व्यर्थ है--

भली सुहावी छापरी जा महिं गुन गाए।
कितही काम न धउलहर जिन हरि बिसराए।

उनके इस फक्कड़पन का ऐसा असर पड़ा कि सिक्ख संगति गुरु अर्जुनदेव के पीछे हो गई और इनके बडे भाई को अपने आप गद्दी के दावे से हट जाना पड़ा। बाद में उस समय की मुगल हुकूमत ने जो जहर फैलाया वह गुरु अर्जुनदेव की आहुति का कारण बना, पर तत्काल तो पांचवें गुरु को अपार जनबल और उससे भी अधिक से अधिक भीतरी आध्यात्मिक बल का मणिकांचन योग मिला। उन्होंने उसका भरपूर लाभ उठाया। उन्होंने कुल तैंतालीस वर्ष की आयु पायी थी। यह आश्चर्य की बात है कि कुल पन्द्रह वर्षों के भीतर बल्कि ठीक तरह से कहें तो आरम्भ की खींचातानी के दो वर्षों को छोड़ते हुए केवल

तेरह वर्षों में उन्होंने इतने काम किए जिनके लिए कई पीढ़ियां लग जाएँ तो भी काम पूरा न हो। उन्होंने स्वयं लगभग 6 हजार पद रचे थे। ये पद विभिन्न रागों में उन्हीं के द्वारा बांधे गये, क्योंकि वे स्वयं ही राग-रागिनियों के मर्मी कलावन्त थे, पर इससे भी बड़ा काम किया, जिसमें कुल लगभग पन्द्रह हजार से अधिक गुरुओं की तथा कुछ प्रमुख सन्तों की वाणी का प्रामाणिक पाठ तैयार किया, जिसमें कुल लगभग पन्द्रह हजार से अधिक बन्द और तीन हजार से अधिक शब्द हैं। यही गुरु ग्रन्थ साहब हैं। समूचे ग्रन्थ में कुल इकत्तीस रागों के पद हैं। आश्चर्य है कि इन वर्षों में वे बाहर आते-जाते रहे, अनेक निर्माण कार्य कराते रहे, जनसेवा के अनुष्ठान कराते रहे और जनता का संगठन कराते रहे। उनके निर्माण कार्यों में सबसे महत्वपूर्ण कार्य है 'गुरु का चक्क' अर्थात् वर्तमान अमृतसर में 'हरि मन्दिर' की बुनियाद मुसलमान फकीर मियाँ मीर के हाथों रखवाना था। उन्होंने लाहौर में बावली बनवाई। तरनतारन की बस्ती में अनाथों के लिए चिकित्सालय बनवाया। उन्होंने सिक्ख संगतों .को पुनः संगठित किया और एक दस-वन्ध की रीति चलाई जिसके अनुसार प्रत्येक गुरु मत अनुयायी को अपनी कमाई का दसवां हिस्सा जमा करना आवश्यक था। सिक्ख संगतों की सुव्यवस्था और उनके द्वारा दिये गये जन संगतों के कार्यों से शहनशाह अकबर बहुत प्रभावित हुआ था और उसने 1598 ई. में व्यास नदी के किनारे गुरु के गोविन्दवाल वाले डेरे में श्री गुरु अर्जुनदेव से भेंट की थी और उनके कहने पर उन किसानों का लगान माफ किया था, जिनकी फसल शाही लश्कर के द्वारा रौंदे जाने से बर्बाद हो गई थी। इन सब कामों को जब उस समय के चौखटे में रखकर देखते हैं तो गुरु अर्जुनदेव का कार्य एक अचरज लगता है। ऐसा दूसरा अचरज हिन्दुस्तान के इतिहास में आदि शंकराचार्य ने बत्तीस वर्ष की आयु में सारे भारत का भ्रमण करके किया। भारत के चारों कोनों में चार स्थान और निष्ठा के पीठ स्थापित किये। ब्रह्मसूत्र, उपनिषद् और श्रीमद्भगवद् गीता पर अलग-अलग भाष्य लिखे। अनेक स्तुतियों की रचना की और एक खालीपन में पड़ी निर्जीव जनता में नारायण के अस्तित्व का भाव भरा। गुरु अर्जुनदेव ने ग्यारह वर्षों में बहुत कठिन और विषम परिस्थितियों के बीच ज्ञान के आलोक का एक थाल सजाया। यह थाल है श्री गुरुग्रन्थ साहब। उन्होंने इसकी मुन्दावणी (पुष्पिका) में अंकित किया कि इस थाल में सत्य, सन्तोष विचार और ठाकुर का अमृत नाम परसा हुआ है जो इसको चखे, इसको पाए उसका उद्धार हो जाए। यह ऐसा रस है जिसे कभी भी छोड़ने को मन नहीं करता, इससे नित्य अतृप्ति बनी रहती है--

"थालु बिचि तिनि बसतु पइयो सतु सन्तोष बिचारो।
अम्रित नाम ठाकुर का पइयो जिसका समसु अधारो।
जो को खावै जो को मुंचे तिस का होइ उधारो।"

यह थाल सजाना ही अपने आप में एक बड़ी कल्पना और घोर परिश्रम का कार्य था। सामान्यतः कवि या गायक इस प्रकार के पाठ-सम्पादन के कार्य में रुचि नहीं लेता

और सामान्यतः इस प्रकार के ज्ञान यज्ञ में लगा हुआ व्यक्ति कर्म क्षेत्र में कुछ भी नहीं कर पाता। पर भक्ति, ज्ञान और कर्म का तीनों का समुच्चय यदि किसी एक व्यक्ति में मिलता है तो यह उस देश का सौभाग्य है जो उसे जन्म देता है, उस परम्परा का पुण्य प्रताप है जो व्यक्ति को महत्व नहीं देती व्यक्ति के उस सारभूत कृतित्व को महत्व देती है, जिसमें सारा अहंकार गुरुओं के शब्दों में 'हौमैं' कट-छँट गया होता है और इसीलिए वह परम्परा गुरुवाणी को महत्व देती है। ऋषि से अधिक मन्त्र को महत्व देती है, क्योंकि वाणी अपने को पूरी तरह अपना शीश उतार करके और उसे अपने हाथ में ले करके हृदय से उछले हुए रक्त का अर्पण है। श्री गुरु अर्जुनदेव गुरुग्रन्थ साहब के रूप में एक आलोक की थाल परस करके रख गये और उसके बाद उन्होंने अपना जीवन एक नासमझ हुकूमत के नासमझ गुस्से की आग में झोंक दिया। बहुत कम कवियों और ज्ञानियों को ऐसी वीर गति प्राप्त होती है। वे मरते-मरते स्वयं अपने को एक बड़े विराट् अस्तित्व की भावमयी, छन्दमयी आरती के रूप में सजा गए। वह आरती हर साँझ-सबेरे गुरुवाणी के पाठ के साथ-साथ प्रज्वलित होती है और हर जीव हरि का मन्दिर हो जाता है। मैं इन्हीं श्री गुरु अर्जुनदेव की वाणी का रस आपके सामने परोसना चाहता हूं। यह वाणी कई भाषाओं में लहलहाई है। कुछ रचनाएं विशेष रूप से उनकी सर्वोत्कृष्ट रचना 'सुखमनी' के ऊपर ब्रजभाषा का गहरा रंग है। इनकी कुछ रचनाओं में संस्कृत और प्राकृत का गहरा पुट है। कुछ में फारसी का, कुछ में लँहदी का, और रचनाओं का बड़ा भाग पंजाबी के रंग में रंगा है। पर यह पंजाबी ऐसी है जो पंजाब क्षेत्र तक सीमित नहीं है, अन्य क्षेत्रों के शब्द उदारतापूर्वक लिए गए हैं और वह पंजाबी एक सन्त भाषा के रूप में ढाली गई है। पूरी वाणी गायन के लिए है। इसलिए इसकी बंदिश सामान्य छन्द-बन्द से अलग है। यह वाणी निरन्तर ध्यान और स्मरण के लिए है इसलिए इसमें तात्विक और मूलभूत बातों को बार-बार दोहराने की आवश्यकता पड़ी है। इस प्रकार की आर्षवाणी में पुनरुक्ति दोष न होकर गुण हो जाती है। इसमें एक ही शबद या एक ही भाव बार-बार बजता है तो उसकी गूँज एक नहीं होती बार-बार भिन्न होती है। इस एक को अनेक के रूप में प्रतीति में ही वाणी का रहस्य भरा हुआ है। वाणी की एक और विशेषता यह है कि श्री गुरु अर्जुनदेव प्रत्येक शब्द या बन्द के अन्त में अपना नाम नहीं देते, आदि गुरु नानकदेव का ही नाम देते हैं। यह बात ही अपने आप में अतिशय विनम्रता और सम्पूर्ण समर्पण की भावना का अप्रतिम उदाहरण है। गुरु के नाम में अपने सम्पूर्ण कृतित्व को विलीन कर देना अहंकार की असाधारण हार है। वस्तुतः श्री गुरु अर्जुनवदेव के मन में यह भाव है कि मेरे कण्ठ से मेरी बात नहीं निकल रही है यह गुरु परम्परा की थाली है जो मेरी वाणी जनना को थम्हाती जाती है। मेरी वाणी मेरा माध्यम नहीं है। मैं उस वाणी का माध्यम हूं जो मेरी नहीं उस परम्परा की है जिसकी मैं एक छोटी-सी कड़ी हूँ। श्री गुरु अमरदास ने शायद इसीलिए तो नहीं यह सनद दी थी कि मेरा दोहता (धेवता) वाणी का बोहिथ (जहाज) है।

एक कर्मठ जीवन के बहुआयामी ताप में भगवतभक्ति का भाव शुद्ध अमृत द्रव

बनकर वाणी में खिंच आया है। इसमें सम्पूर्णता है, विस्तार है और रस का भीनापन है। वे अपने मलार के बन्दों में रस वर्षा की बात करते हैं तो ऐसा लगता है कि कहीं भी कोई जगह नहीं रह गई है। वे पुकारते हैं कि ऐसे रस बरसे कि तिल मात्र का भी अन्तराल न पड़े।

इस मेह में सब स्थान डूब गए हैं। चारों कोने दसों दिशाएँ केवल रस समुद्र लहरा रहा है। कहीं जमीन नहीं रह गई है। ऐसे रस में भीने व्यक्ति को प्रकाश रस रूप में परिवर्तित दीखता है। उनके एक बन्द में जिस प्रकार ज्योति की चर्चा की गई है उससे लगता है यह ज्योति नहीं, ज्योति का एक सागर है जिसमें कोई सतह ऊँची-नीची नहीं होती। कोई विभाजन नहीं होता। कोई अलग रंग नहीं होता। कहीं अहंकार नहीं रहता। छोटे से हृदय की रत्न कोठरी में शब्द का दीप उज्ज्वलित होता है तो वह रस के प्रवाह की तरह फैल जाता है। उसमें सब ओत-प्रोत हो जाते हैं। सब नहा जाते हैं। कहीं कोई ये विभाजन नहीं होता कि कौन ऊँचा है कौन नीचा है। हम तुम्हारे हैं, तुम हमारे हो। एकाकार, एक प्रसार और एक ही अपार भाव लहराता रहता है। एक ही विस्तार दिखाई पड़ता है। एक ही सम्पूर्णता दिखाई देती है। एक प्राण का आधार दीखता है। एक ही निर्मल सत्य, एक ही सच्ची सचाई दिखती है। कहीं ओर-छोर नहीं है न काल में न देश में और जब यह रस उच्छलित होता है, एक ऊँचाई से दूसरी ऊँचाई लहरों में आती-जाती हैं। यह ज्योति समुद्र पूरा का पूरा एक रत्न मुकुट बन जाता है। ज्योति के रस के रूप में ऐसी आराधना उसी के द्वारा सम्भव है जिसने अपने को बाती बनाया है। बाती बनाकर भगवत्प्रेम में भिगोया है और एक लौ लगाई है सिर्फ एक लौ वही ऐसा आवाह्न कर सकता है, जिसमें सबेद अर्थात् नाद, ज्योति और रंग तीनों एक दूसरे में परिवर्तित होते चले जाते हैं--

"सतिगुर सबदि उजारो दीपा।
बिनसिओ अन्धकार तिह मन्दरि रत्न कोठड़ी खुल्ही अनूपा।"

इस ज्योति सर में ओत-प्रोत होने का परिणाम था कि जब सन् 1606 ई. में अकबर के देहान्त के लगभग एक वर्ष बाद तत्कालीन बादशाह के कान भरे गये कि बागी खुसरो गुरु साहब से मिला है, जहाँगीर उबल उठा और उसके मन में यह ठन गई कि झूठ की उस दुकान को बन्द कर दूँ और उसने श्री गुरु साहब को पकड़कर लाहौर बुलवाया। पाँच दिन उन्हें तरह-तरह के कष्ट दिए, उनके सिर में गरम रेत डाली गई, उन्हें खौलते पानी में रखा गया पर वे अविचल भाव से गाते रहे--

तेरा कीआ मीठा लागे।
हरि नाम पदारथ नानक मांगे।

उन्हें यह ताप उस ताप से अधिक तृप्त करने वाला, झूठे अहंकार का वचन यह सब शीतल लगे, सब मीठे लगे, क्योंकि वे इस छोटे से उबाल को सचाई के आगे झूठ की

हार का उपहार मानकर मन-ही-मन विहँस रहे थे। अन्तिम क्षण तक विहँसते रहे। 30 मई, 1606 में गुरु अर्जुनदेव की कुर्बानी का दिन आया और उन्होंने नश्वर शरीर छोड़ दिया। यह नश्वर शरीर रिश्तेदारों को नहीं दिया गया, रावी में प्रवाहित कर दिया गया। उनके समय के एक कवि ने इस घटना पर लिखा :

गुरु आप दरिया के बीच ही रहिए, क्योंकि आपके बीच ही दरिया है। दरिया में मिलने से आप हजारों-हजारों रस-प्यासी मछलियों को निर्वाण देंगे। आपकी कुर्बानी साधारण घटना नहीं है। यह ज्योति के अन्दर ज्योति का समाना है। यह नाश नहीं है यह अमरता है। आप युग-युग तक इस रावी का रस बने रहें, मनुष्य की स्वाधीनता, निर्भयता और सर्वमयता के साकार रूप बनकर।

ऐसे सन्त के काव्य पर विचार करते समय जिसका जीवन स्वयं कविता की एक ज्योति सरिता हो, मन में होता है कि हम बहुत छोटे हैं कैसे बात करें। पर तब स्मरण आता है कि श्री अर्जुनदेव ने हम छोटों के लिए ही अपने को बार-बार विनम्र बनाया, कभी दर्शन के लिए आए हुए हारे-थके भक्तों की सेवा में स्वयं रोटी और छाछ लेकर पहुँचे हैं। भक्त तृप्त होकर जब पूछने लगे कि श्री गुरु साहब के दर्शन कब होंगे तो बोले, मैं आपके सामने हूँ और भक्त एकदम उस प्यार में मिल करके पानी हो गये जैसे नमक की डली घुलकर पानी हो जाती है। कभी उन्होंने अपने को गुरु कहना स्वीकार नहीं किया। इसीलिए एक बार जब किसी भक्त ने अपनी बेटी के लिए कुछ धन मांगा तो उन्होंने पहले एक टका दिया और कहा यह आदि गुरु नानकदेव का टका है जो परम गुरु परमेश्वर के सिख थे। फिर दूसरा टका दिया और कहा कि ये दूसरे गुरु अंगद साहब के नाम का टका है जो श्री गुरु नानक के सिक्ख थे। उसी तरह श्री गुरु अमरदास और श्री गुरु रामदास के नाम पर एक-एक टका दिया। अन्त में आधा टका देते हुए बोले यह इस दास के नाम का टका है जो अभी आधा ही सिक्ख बना पाया है, तब मन में कुछ ढारस होता है कि आधी दूर आकर श्री गुरु अर्जुनदेव स्वयं कुछ शक्ति देंगे कि उनकी बात आधी ही सही या आधी की भी आधी सही एक अधूरी और अपर्याप्त भाषा में आप तक पहुँचा सकूँगा।

मैं श्री अर्जुनदेव के आध्यात्मिक दर्शन की व्याख्या करने का अपने को अधिकारी नहीं मानता और मैं वह नहीं करूँगा। मैं उनकी वाणी के उस अंश की भी व्याख्या नहीं करूँगा जो साम्प्रदायिक सिद्धान्त के विवेचन से सम्बद्ध है, क्योंकि मैं उसमें अपनी नासमझी के कारण कोई भूल भी कर सकता हूँ। मैं उनके सामाजिक चिंतन की भी कुछ सामान्य चर्चा मात्र करूँगा, क्योंकि उस पर बहुत विस्तार से लोगों ने चर्चा की है। मैं केवल उनके काव्य की ही कुछ विशेषताओं का उल्लेख करूँगा जिन्होंने मुझे भक्त के रूप में नहीं भावुक पाठक के रूप में छुआ है और उसमें मुझे मध्य युग के ज्योतिर्मय अनुभव का एक नया शिखर दीपता हुआ दीखा।

काव्य की विषयवस्तु पर पहले आएँ तो उसमें मुख्य रूप से दो बातों पर बल है एक नाम का स्मरण करना, दूसरा कीरत कमाई कर बाँटकर खाना। ये दोनों बातें गुरु नानक

की बुनियादी शिक्षा के अंग हैं। मध्ययुगीन संतों की सबसे बड़ी विशेषता थी कि वे संसार को छोड़ना नहीं चाहते थे। सांसारिक वस्तुओं के खोखलेपन की पहचान के बावजूद वे सांसारिक वस्तुओं को और सांसारिक कार्यों को हरि के नाम की गूँज से भरना चाहते थे। नाम की गूँज, हरि की अनन्त-अनन्त रूपों में अभिव्यक्ति, हरि की भक्तवत्सलता, हरि की विपत्ति में पड़े हुए भक्त के लिए व्याकुलता, इसमें भक्त तो समाते ही हैं, मनुष्य का वह उद्यम भी समाता है जो सबके लिए किया जाता है। सहज भाव ही समाता है जो भगवान् की उपासना के लिए किसी अनुष्ठान के लिए कोई अलग समय या विधान आवश्यक नहीं मानता, क्योंकि उसके लिए समस्त कर्म भगवान् की भक्ति के लिए अनुष्ठान है।

निर्मल कर्म और हरि के नाम का जप ये दोनों अलग नहीं हैं और यही सभी धर्मों में श्रेष्ठ धर्म है--

"सरव धरम महि श्रेष्ठ धरम।
हरि को नाम जपु निर्मल कर्म।"

यहाँ एक बात और उल्लेखनीय है कि सिक्ख गुरु सगुण और निर्गुण में भेद नहीं करते थे। इसलिए उन्होंने निराकार की उपासना की है, परन्तु साकार का कहीं खण्डन तो नहीं ही किंया है, साथ ही उन्होंने सगुण रूप की विभिन्न लीलाओं का और उन लीलाओं से जुड़े हुए नामों का (बनवारी, गोविन्द, गोपाल) स्मरण भी बार-बार किया है। श्री गुरु अर्जुनदेव अपने प्रभु को सगुण और निर्गुण के बीच केलि करते हुए देखते हैं। वे कहते हैं आप ही निर्गुण हैं, आप सगुण हैं और आपने अनेक कलाओं को धारण करके सकल संसार को वश में कर लिया है--

"निरगुन आपि सरगुन भी ओही।
कला धारि जिन सगली मोही।"

वे एक व्यापक भाव की बात करते हैं, ऐसे वैष्णव भाव की जिसमें विष्णु अपनी माया से अलग हो गए हैं, अर्थात् दूसरे शब्दों में अधिक उपासना रह जाती है। सारी इच्छाएं कीर्तन के रंग में रच जाती हैं। साधु की संगति के अलावा कोई साध नहीं रह जाती। उन्होंने वैष्णव की परिभाषा इस प्रकार की है--

वैसनौ सो जिस ऊपर सुप्रसन्न। विसन की माया ते होई भिन्न।
कर्म करत होवहिं निहकरम। तिस बैसनो का निरमल धर्म।
काहू फल की इच्छा नहीं बाछै। केवल भगति कीर्तन-सँगि राचै।

उसकी दृष्टि में हरि नाम स्मरण से ही साझेदारी का भाव मनुष्य में आता है, क्योंकि उसे सब जगह सबमें सब समय उसी की ज्योति प्रत्यक्ष दीखती है। वह समस्त प्राणियों में अपने को बरताता है। समस्त नेत्रों में वही देखने वाला है। सारी सामग्री उसी

का शरीर है। जब उसका यश गाया जाता है तो गाने वाला भी वहीं रहता है, सुनने वाला भी वहीं रहता है। उसने केवल एक खेल रचा है आने-जाने का और माया को आज्ञाकारी चेरी के रूप में खड़ा रखा है। वही सबमें अलापता है इसलिए अपने से जो कुछ कहोगे उसी से कहना है--

सर्व भूत आपि बरतारा। सरब नैन आपि पैरनहारा।
सगल सामग्री जाका तना। आपन जसु आपही सुना।
आवन जान इक खेलु बनाया। आज्ञाकारी कीनी माया।
सभ कै मधि अलिपतो रहै। जो कुछ कहणा से आपै कहै।

गुरु अर्जुनदेव की वाणी में हरिनाम स्मरण और समस्त जीवन के साथ प्रभु की एकाकारता की पहचान ये दोनों बातें भूमिका बनती हैं एक गहरी अनुभूति की। कभी एक मीरा की तरह ही श्री गुरु अर्जुनदेव माधुर्य भाव में रसमग्न हैं और मीरा की ही भाँति विरह और मिलन के अपूर्व अनुभवों का लेखा-जोखा देने बैठते हैं, तो उन्हें लगता है कि कुछ भी तो लेखा-जोखा नहीं दिया जा सकता। कुछ उपमाएँ दी जा सकती हैं और वे उपमाएँ ही हैं। उपमा केवल एक अंश में होती है जैसे हाट वाले को धनमाल से प्रीत होती है, जैसे जुआरी का चित्त जुआ में रहता है, जैसे अमली का मन अमल में रहता है, वैसे हरि के जन को हरि का ध्यान करना चाहिए। जैसे मेघ को देखकर मोर नाचता है, चन्द्रमा को देखकर कुमुद खिलता है, बालक को देखकर माँ आनन्दित होती है उसी तरह हरि के मिलन से हरि के जन को होता है जैसे सिंह को मांस का भोजन रुचता है, रण को देखकर सूर का चित्त उल्लसित होता है, जैसे धन को देखकर कृपण का चित्त उल्लसित होता है वैसे हरि के जन हरि को पाकर उल्लसित होते हैं और ये सभी दृष्टान्त अधूरे दृष्टान्त हैं, क्योंकि वह उल्लास तो अकह है, अवर्णनीय है।

उन्हें मीरा की तरह लगता है कि मैंने लाल को नहीं पाया रत्न मणि पा लिया है। तन शीतल हो गया है, मन शीतल हो गया और सद्गुरु का शब्द समा गया है। भूख मिट गई, तृष्णा मिट गई, सारी चिन्ताएँ मिट गईं और गुरु के चरणों पर मस्तक रख दिया। मैंने सारा जग जीत लिया, हृदय के अन्तर ऐसे लगता है जैसे तृप्त अघा गई हो और वहाँ से तनिक भी डोलना भयंकर भूल हो सकती है। गुरु ने ऐसा खजाना दिया है जो कभी भी कम होने वाला नहीं है। एक अचरज की बात सुनो, गुरु ने समझाया है, यदि तुमने पर्दा देकर ठाकुर से भेंट किया तो भेंट नहीं होगी और भेंट होने पर भी एक परायापन बना रहेगा। इस अचम्भे को किसी से कहना मत, बिना चखे इसे जाना नहीं जा सकता।

गुरु की वाणी का सार प्रेमाभक्ति का अनुभव है, जिसे वे अपने भीतर भरकर उपटाना चाहते हैं। वे इस माधुर्य भाव से ही अपार शक्ति पाते हैं जनसेवा करने की, ऊँच-नीच के दलदल में फँसे लोगों को खींचकर समता की जमीन पर लाने की और सच्चाई के लिए हँसते-हँसते कुर्बानी देने का कोमल प्यार और निर्भय वीरता का ऐसा

अपूर्व संजोग कुछ ही सन्त कवियों में हुआ है। विनम्रता और दृढ़ निष्ठा बहुत कम जगह एक साथ मिलती है। इसी प्रकार प्यार की बेचैनी और उद्यम की जागरूकता बहुत कम एक साथ मिलती है इससे भी दुर्लभ संयोग होता है कवि और संगीतकार का, इस माने में सूर और गुरु अर्जुनदेव एक-दूसरे की बेजोड़ जोड़ हैं। वे एक लयपूर्ण सतत जागरण हैं, जैसा इस पद में प्रतिध्वनित है।

चांदनी चाहते हो तो आँगन में ही नहीं प्रभु से भावित अन्तर में है। आराधना की बात सोचते हो तो एक आराधना केवल नीकी है वह है हरिनाम की आराधना, त्याग वही नीका है जो काम, क्रोध और लोभ का त्याग होता है, माँगना वही नीका है जो गुरु से हरि का यश मांगना हो और जागना वही नीका है जो हरि के कीर्तन में जागना है--

चाँदना चाँदन आँगनि प्रभु जीउ अंतरि चांदना।
आराधना आराधनु नीका हरि हरि नामु आराधना।
तिआगना तिआगन नीका काम क्रोध लोभ तिआगना।
माँगना माँगन नीका हरि जस गुरू ते माँगना।
जागना जागनु नीका हरि कीरतन महिं जागना।

काशी के प्रकाश : स्वामी करपात्री जी

काशी को यह गौरव प्राप्त है कि यह नगरी विद्या, साधना, कला तीनों का अधिष्ठान रही है और आध्यात्मिक वैभव, आधिदैविक वैभव और आधिभौतिक वैभव से सम्पन्न रही है। भगवती विशालाक्षी की विशाल दृष्टि ने इस नगरी को बहुत विशाल और उदार बनाया है, इतना कि त्रिलोक और काशी समतुलित हो गये हैं। काशी का एक-एक रजःकण सोने के बराबर माना जाता है, काशी से मिट्टी कहीं प्रमाद से भी साथ बाहर कोई ले जाय तो उसे सोना चुराने जैसा पाप होता है, ऐसी लोक में मान्यता है, इसका अर्थ केवल यही है कि काशी में हेय या तुच्छ कुछ भी नहीं। हेय या तुच्छ समझने वाली दृष्टि ही नहीं पनपने पाती क्योंकि विद्या की साधना से जोड़ने वाले निरीह निरहंकार महापुरुषों की अनवच्छिन्न परम्परा काशी को विभासित करती रही है। पूज्य ब्रह्मलीन स्वामी करपात्री जी इस परम्परा के एक दीप्तिमान् शिखर थे। पूज्य भैया साहब, पं. श्रीनारायण चतुर्वेदी कहते थे कि वे इस शताब्दी के विद्या के सूर्य थे। वे काशी में जनमे तो नहीं, पर यहीं उन्होंने मंगनी राम ब्रह्मचारी की पाठशाला (अब लुप्त) में अध्ययन प्रारम्भ किया, यहीं उन्होंने उत्तरकाल में भी शास्त्रों का अनुशीलन किया, कृच्छ्र से कृच्छ्र साधनायें कीं, अनेक समारम्भ किये और यहीं ते गंगा के तट पर रहते हुए ब्रह्मलीन हुए, वे काशीगय हो गये। विद्या अर्जित करना काशी के लिए बहुत सहज अभ्यास है, पर विद्या के साथ-साथ तप अर्जित करना तप के साथ निरीह भाव बनाये रखना, निरीह भाव को भी अभिलाषाओं की अभिलाषा, मन्मथ के मन्मथ के भक्ति में सराबोर कर देना और उस भक्ति को रासेश्वरी राधा के चरणों में निवेदित कर देना, यह किसी एक व्यक्ति से यदि इधर मधुसूदन सरस्वती के बाद किसी से हुआ है तो वे ब्रह्मलीन स्वामीजी थे।

पूज्य स्वामी जी अयोध्या वृन्दावन जाते थे, प्रवचन देते थे, पर काशी से उन्हें एक ऐसा तादात्म्य था कि उन्होंने कभी शंकराचार्य पद का अभिषेक नहीं स्वीकार किया। उन्होंने कोई आश्रम या संस्थान नहीं बनाया, जो बनाया भी उसे ऐसा छोड़ा कि उधर झाँकने भी नहीं गये। वे काशी मात्र को सर्व विद्या का संस्थान समझते थे और उत्तरगामी गंगा प्रवाह को ही साधना की धारा समझते थे, काषाय मात्र को भागवत भाव का रंग मानते

थे।

मुझे इस बात की कभी-कभी बड़ी कसक होती है कि उनके वैदुष्य को या उनके भागवत भाव को या उनके तप को महत्व लोगों ने क्यों नहीं दिया, विशेष रूप से काशी के बाहर के लोगों ने। लोगों ने उन्हें राजनीतिक साधू माना, उन्हें विवादास्पद माना, क्योंकि वे सरकारी बाबा कभी नहीं रहे, मंत्रियों, न्यायाधीशों, इंजीनियरों, डाक्टरों, सेठों और ऊँचे अधिकारियों के विदेशी भारतप्रेमियों के बाबा नहीं रहे। वे समूह संचार साधनों के बाबा भी नहीं रहे। उन्होंने सन्मार्ग निकाला, दूसरों को सौंप दिया, सिद्धान्त निकाला और सिद्धान्त जैसा भारतीय मनीषा का पत्र कोई और निकला नहीं, उसे भी उन्होंने बन्द कर दिया, क्योंकि वे किसी से भी परिचालित नहीं हो सकते थे। कई बार बड़े-बड़े धनपतियों की सेवा उन्होंने ठुकरा दी, एक के बाद एक ठिकाना बदलते रहे। उन्होंने कोई गद्दी नहीं चलायी, कोई अलग सम्प्रदाय नहीं स्थापित किया, अपने को विशाल परम्परा के केवल प्रकाश वाहक नहीं, प्रकाश केन्द्र के रूप में जाग्रत रखना है, इस भाव से बिना किसी एषणा के एक एषणा साधनी थी कि प्रकाश मन्द न पड़ने पाये। मैंने एक बार उनसे पूछा--महाराज जी आपने रामराज्य परिषद् क्यों स्थापित की, आप देख रहे हैं कि इसके पीछे जनमत नहीं है और आप वीतराग संन्यासी हैं, आपको राजसत्ता से कोई प्रयोजन भी नहीं है ? उन्होंने बहुत देर तक मौन रहकर जो उत्तर दिया था, वह इस प्रकार है--"मैंने यह कार्य जानते हुए किया कि इस काषाय वस्त्र का यह कार्य नहीं है, पर मैंने देखा राजनीति का एक स्वरूप है, जिसे किसी को सामने रखना है, वह आधार लोगों को ज्ञात होना चाहिए और कोई उस काम को अपने हाथ में नहीं ले रहा है तो मुझे इसलिए लेने के लिए बाध्य होना पड़ा कि संन्यासी का कर्तव्य-अकर्तव्य कुछ न होते हुए भी जीवन यात्रा के अनिवार्य भाग के रूप में जीवन के आधार तत्वों के विषय में सजगता उसे बनाये रखनी है। रामराज्य परिषद् मेरा लक्ष्य नहीं है, न इसके द्वारा सत्ता हथियाना लक्ष्य है सत्ता को चुनौती देने वाली चेतना का स्फुरण मात्र लक्ष्य है। जो विदेशी विचारों से आक्रान्त व्यवस्था देश की प्रकृति की उपेक्षा करके चल रही है, उसका विकल्प देना एक काम है, जिसे करना गृहस्थ को चाहिए, पर वह नहीं करता तो संन्यासी तो सभी आश्रमों का विलयन है, उसे प्रत्येक आश्रम के दायित्व का स्मरण तो कराना ही होगा।"

पूज्य स्वामी जी ने यह भी कहा था कि बहुत-सी मर्यादाएं टूट रही हैं, बहुत-सी व्यवस्थाएं टूट रही हैं, पर इससे यह समझ लेना, कि कोई मर्यादा कोई व्यवस्था बनाये रखने की बात न सोची जाय, उचित नहीं है। वे प्राणी मात्र के कल्याण को सामने रखते हुए एक जीवन की मर्यादा की ओर अमर भूतमात्र की सेवा के लिए अर्पित संन्यासी ध्यान न दिलाये तो उसके हाथ में धारण किये हुए दण्ड की सार्थकता न रह जाय।

पूज्य स्वामी जी समय के प्रवाह की बात को कुछ महत्व नहीं देते थे, वे इसे गड्डलिका-प्रवाह मात्र मानते थे। इसका अर्थ यह नहीं कि वे ज्ञान-विज्ञान की नयी उपलब्धियों की उपेक्षा करते थे, नये-नये वादों, मतों के बारे में जानकारी प्राप्त करते थे,

पढ़ते थे, तकनीकी के विकास के बारे में पूछते रहते थे। एक बार उन्होंने प्लास्टिक के रासायनिक उपादानों के बारे में यह अनुमान लगाते हुए पूछा कि इसमें कुछ जीदन-विरोधी तत्व अवश्य हैं, क्योंकि यह नष्ट होने पर पुनः जैव पदार्थ में रूपान्तरित नहीं होता। मैंने उनसे कहा था कि महाराज जी आपका अनुमान ठीक है। प्लास्टिक वह कचरा है जो कचरा ही बना रहेगा, इसे आग, जल, मिट्टी, हवा कुछ भी आत्मसात् नहीं कर सकेंगे। इसी से पश्चिम के चिकित्सक बच्चों द्वारा इसके उपयोग के खतरों की ओर संकेत कर रहे हैं। वे प्रगति के विरोधी नहीं थे पर प्रगति की रूढ़िवादिता के विरोधी थे। वे देश-काल व्यक्ति की दृष्टि से ही किसी वस्तु की ग्राह्यता-अग्राह्यता की बात करते थे। वे हिन्दू धर्म का झंडा भी नहीं फहराना चाहते थे न किसी को प्रभावित करके हिन्दू बनाने के पक्षपाती थे। वे मुसलमान को अपने ईमान पर रहने का उपदेश देते थे, पर वे किसी संकोच या किसी मुरौवत में जो परीक्षित सचाई नहीं है, उसे स्वीकार नहीं कर सकते थे। उन्हें इसका भी भय नहीं था कि लोग मुझे राजनीति के व्यक्ति समझेंगे, प्रतिक्रियावादी समझेंगे, पुराणपंथी समझेंगे। वे हर प्रकार के भय से मुक्त थे क्योंकि वे हर प्रकार के लोभ से मुक्त थे, यहां तक कि प्रतिष्ठा के यश के और यश तो छोटी बात है, मोक्ष के लोभ से भी मुक्त थे। मुझे स्मरण है कि एक बार महाभारत के विषय में बड़ी चर्चा हुई, कुछ पुराणतत्त्ववेत्ताओं ने बतलाया कि महाभारत एक सामान्य घटना थी, एक कबीलाई झगड़े को बहुत तूल दिया गया, उस काल के कोई विशेष महत्वपूर्ण भौतिक साक्ष्य नहीं हैं। लोगों ने महाराज जी से कहा एक बड़ा विद्वत्सम्मेलन बुलाइये, यह सिद्ध करने के लिए बुलाइए कि महाभारत की घटना लगभग 5000 वर्ष से और पहले हुई और महाभारत में उस घटना का वास्तविक वर्णन है आदि-आदि। महाराजजी ने कई विद्वानों को विचार-विमर्श के लिए बुलाया, मैं भी गया। महाराज जी बड़े मनोयोग से बातें सुनते रहे, बीच में किसी पुराणतत्ववेत्ता के पक्ष की बात में कोई टोकता था तो डांट देते थे कि उन्हें पूरा पक्ष सामने रखने दो। मैंने निवेदन किया कि महाराज जी, महाभारत एक ऐसी सच्चाई भी तो है जो हमारे जीवन का अंग है, हमारे श्वास-प्रश्वास में है, उसकी वास्तविकता की क्या और जाँच आवश्यक है। वह तो स्वतः जीवन की निष्ठा से प्रमाणित है, रही बात अतीत काल की एक-एक घटना की जाँच की, सो हमारे पास जितने साधन हैं भौतिक पदार्थों की जाँच के, उनकी सीमा है, जितना जाना गया है, उसकी सीमा है, इन सीमाओं के भीतर जो वास्तविकता उजागर होती है, उसको दूसरे साधनों से या दूसरे प्रमाणों से खंटित करने की आवश्यकता नहीं है। महाभारत की ऐतिहासिकता की एक सीमित वैदुपिक उपयोगिता है, उस उपयोगिता को नकारने की बजाय इस दृष्टि को ऊपर लाना हमारा कर्तव्य हो कि महाभारत का एक इतिहास का अतिक्रमण करने वाला पक्ष है, वह हमारे जातीय विकास में ही नहीं मनुष्य मात्र के विकास में निरन्तर प्रेरक है, वह पक्ष इस ऐतिहासिक सीमा के ऊपर बल देने से कहीं ओझल न हो जाय। महाराज जी का चित्त इतना निर्मल इतना विशद था कि मेरे जैसे छोटे आदमी की बात उन्हें जँच गयी। उन्हें जो लोग संकीर्ण कहते

हैं, उनमें से काश कोई एक व्यक्ति उनके संस्कृत विश्वविद्यालय के सर्वदर्शन व्याख्यानों में उपस्थित रहता। बौद्धदर्शन के विभिन्न सोपानों के तत्वचिन्तन की जो व्याख्या उन्होंने प्रस्तुत की और जिस निर्ममता से अद्वैतियों द्वारा अद्यतन उठायी गयी शंकाओं का खंडन किया, उससे लगता था कि बौद्धदर्शन का इतना बड़ा समर्थन कोई बौद्ध भी दे नहीं सकता। कई बौद्धदर्शन के पंडित और स्वयं बौद्ध चकित हो गये। इस प्रतिपादन में उन्हें तीन दिन लगे, चौथे दिन उन्होंने एक ही घंटे में अपने द्वारा स्थापित पूर्व पक्ष ढाह कर रख दिया। बिल्कुल नये तर्क, नयी उपपत्तियों (परम्परा के अनुकूल पर परम्परा में शास्त्र में कहीं उसी प्रकार से विन्यस्त नहीं) रखते चले गये। और उनकी भाषा तो सचमुच गंगा का प्रवाह, कहीं उपराम न लेने वाली, पीने के लिए तीन-तीन चार-चार घंटे तक कभी पानी की जरूरत नहीं पड़ी, बस बीच-बीच में कुछ मुद्राएं बदलती थीं और सरस्वती अविराम एक छन्दोबद्ध नृत्य करने लगती थी। शास्त्र की बात करते समय इतने कठोर, इतने निर्मम और भगवद्भक्ति की बात करते समय इतने तरल, इतने रागाकुल कि समझ में नहीं आता था, यह एक व्यक्ति है। पर ऐसा अकेला व्यक्तित्व उनमें था, कौन-सी कृपा थी भगवती की कि ज्ञान और भाव का महायोग एक देह में, एक वाणी में, एक चित्त में सम्भव हो गया था।

भाव की बात क्या करें, स्मरण करते ही आँखों में आँसू आ जाते हैं। महाप्रयाण के दो-एक महीने पहले की बात है, मिलने गया, कई बार उन्होंने इसके पूर्व कहा था, तुम काशी नहीं आ जाते, उस बार गया तो पूजा पर बैठे थे, इशारे से बैठने को कहा, बैठा रहा। फिर पूजा से उठें, प्रसाद दिया। किसी पार्श्वचर ने कहा महाराज जी आजकल दो ही ग्रन्थ सुनना चाहते हैं, पढ़ने को चिकित्सकों ने मना ही किया है, एक है भागवत दूसरा रामचरितमानस। कुछ पहले तो अमुक-अमुक द्वारा रचित भक्तों की कहानियाँ भी सुनते थे, पर अब बस यही दो ग्रन्थ सुनते हैं और अश्रुपात करते जाते हैं। मैंने पूछा महाराज जी, ये ही दो ग्रन्थ क्यों इतने प्रिय हैं, वेदार्थ-पारिजात आप लिख रहे हैं। महाराज जी बोले--वेद की बात और है, वह तो भगवत्स्वरूप है, वह कोई भाषा नहीं है पर मानुष शरीर को, मानुष चित्त को और मानुष कर्णेन्द्रिय को मनुष्य की कृति से आत्मीयता होती है, और ये दो कृतियां इसलिए प्रिय हैं कि इनके लिखने वाले ने और किसी उद्देश्य से नहीं लिखा, अपने अन्तरस्तम की शान्ति के लिए या अपनी अतृप्ति से प्रेरित होकर लिखा, उन्हें न यश चाहिए था, न भगवान ही अभीष्ट थे, वे भगवतकथा के रस से तृप्त नहीं हो पा रहे थे, वे इस अतृप्ति को बटोरना चाहते थे, उन्होंने लिखा और सब तृप्तियाँ इस अतृप्ति पर न्यौछावर हैं। फिर रामचरित मानस से सुमंत्र के लौटने का प्रसंग सुनाने लगे, गला रुंध गया। आगे बात नहीं हुई। एक काम पहले ही सौंप चुके थे। भागवत सुधा नाम से प्रवचनों का टेप लिखा गया था, उसे देखकर प्रसंगादि का ठीक-ठीक शोधन करना था, भूमिका लिखनी थी। उन्होंने कहा, तुम यह काम कर डालो। बाद में वह ग्रन्थ छपा, मेरी भूमिका छापने वाले संस्थान ने छोटी कर दी, उनकी कृपा, पर महाराज जी को वह ग्रन्थ

दिखा न सका, न फिर उनके 'नयनं गलदश्रुधारया वचनं गद्गद्या गिरा पुलकैर्निचितं वपुः कदा तव नाम-ग्रहणे भविष्यति' वाली अभिद्रुत लाक्षा में एकीभूत श्यामच्छवि वाला रूप फिर देखने को मिला। लोग कहते हैं कि वे ब्रह्मलीन हुए, मुझे लगता है कि ब्रह्मपद से अभिधीयमान जीव का चैतन्य प्रकाश, वेदार्थ ज्योति, भक्ति मात्र एक ऐसे भावयोग में समा गया है जिसे काशी कहें या गंगा कहें, वृन्दावन कहें या यमुना कहें, कैलास कहें या मानसरोवर कहें, समझ में नहीं आता। यही लगता है पूज्य स्वामी जी कहीं गये नहीं वे इस फक्कड़ नगरी के किसी आकाश के कोने में गूंज बनकर अवस्थित हैं। उनका कोई उत्तराधिकारी नहीं, उनका बस उत्तरदाय है कि कभी यदि करो तो भारतीय मनीषा और भारतीय साधना की बात इसलिए न करो कि तुम भारत भूमि के हो, इसलिए करो कि इसमें जीव मात्र की प्यास और भूख को शामिल करने वाली एक प्यास और भूख है। जहाँ वह बात इस भाव से होगी, वहाँ स्वामी जी होंगे, उनका दीप्त प्रभामंडल वाला चेहरा होगा, अटकते हुए आपसी बातचीत का लहजा होगा, स्निग्ध और तरल दृष्टि होगी और उनके हाथों से दिया जाता प्रसाद होगा। मैं उन्हें श्रद्धांजलि क्या दूं। मेरा अभाग्य कि मैं उनकी सन्निधि का आमंत्रण पाकर भी उस सन्निधि से वंचित रहा। काशी में रहने का निश्चय हुआ, पर वह सान्निध्य एक तरस भर रह गया है। चाहता था उनकी स्मृति में भगवद्भाव पर केन्द्रित ग्रन्थ निकाला जाय, पर कोई उसके लिए आकुल नहीं दिखता। पूज्य स्वामी जी का भावशरीर आज भक्तिसुधा, भागवतसुधा और ज्ञान-शरीर वेदार्थपारिजात है, पर इनकी बातें कितनों तक पहुंचानी है, किस-किस तरह से पहुंचानी है, यह काशी के लोगों के सोचने की बात है। किमधिकं, उनकी वाणी की गूंज से भरी यह काशी, संस्कृत विश्वविद्यालय, गंगा तट, यह सारा परिसर प्रकाशहीन हो गया है। उनकी भौतिक सन्निधि भी तो वाचालता थी, वाग्मिता थी, अब उसके अभाव में किससे पूछें, कहां जायें, मानवीय मूल्यों के सम्बन्ध में प्रश्न दिखे तो किससे पूछें, कुछ समझ में नहीं आता, वहीं अनुभव होता है जो भगवान् श्रीकृष्ण के लीला-संवरण करने पर अर्जुन को हुआ, वैसा ही सूनापन, वैसी ही निरुपायता, वैसा ही अपनी अशक्तता का आभास, वैसा ही वंचित होने का भाव, उनसे कुछ सीखने की उम्र आयी, पर वे नहीं रहे। सन्मार्ग वर्ष में एक बार उनकी स्मृति जगाता है, उसका ऋणी हूं। पर यह जगाना केवल निष्प्राण कर्मकाण्ड बनकर न रह जाये, यह मन में सोचता हूं और एक अकेलापन पाता हूँ और तब सबसे अकेले रहकर खट-खट आगे चलने वाले उन चरणों में आंखें झुक जाती हैं, और मुंह से निकल पड़ता है ॐ नमो नारायणाय। कहां हो चित्काशी के सवितृमण्डल में मध्यवर्त्ती सरसिजासन पर सन्निविष्ट हरिहररूप नारायण ?

हमारे देश की वाचिक परम्परा

वाचिक परम्परा की बात शुरू करूँ उसके पहले बतला दूं, हर वाचिक सम्प्रेषण, वाचिक परम्परा नहीं है। असंख्य वाचिक सम्प्रेषणों से छन कर और जातीय भाव में भिन कर जो वाक् बराबर सर्जना की कड़ाही में उबलती रहती है, वही वाचिक परम्परा है। मैं वाचिक परम्परा का आदमी माना जाता हूँ। कुछ लोग, गुरुगम्भीर लोग वाचिक परम्परा के प्रति हेठी का भाव रखते हैं, वे समझते हैं लिखने और छपने से ही बात गंभीर होती है। कहने से बात छोटी हो जाती है। कुछ लोग दूसरे छोर पर मौन को ही सबसे सशक्त सम्प्रेषण मानते हैं। पर मौन स्वयं में वाचिक स्थिति है। दो आदमी आमने-सामने बैठे हैं, कोई शब्द नहीं किसी के मुंह से निकल रहा है पर सम्प्रेषण होता है। कभी-कभी बात करते-करते चुप हो जाते हैं, चुप्पी से सम्प्रेषण होता है। न कह पाना, कहते-कहते रह जाना भी तो वाचिक सम्प्रेषण का ही अनुन्मीलित क्षण है।

वाचिक सम्प्रेषण से यों तो दुनिया का काम चलता है पर जिस संस्कृति में वाचिक परम्परा का पलड़ा भारी रहता है, उसकी कुछ अलग विशेषताएं अपने आप रच जाती हैं। एक तो यह कि उस संस्कृति में वचन का मोल कुछ अधिक होता है, प्राण जाहिं पर वचन न जाई। दूसरे यह कि भाषा का परिष्कार एक जीवन मूल्य बन जाता है। जो आदमी जितनी मधुर और जितनी असरदार बात करता है, उतना ही उसे सम्मान मिलता है। शुद्ध उच्चारण करने वाले को और कहीं दिव्य लोक मिलते हों चाहे न मिलते हों, भारत में एकः शब्दः सम्यग् ज्ञातः सुष्ठु, प्रयुक्तः स्वर्गेलोके कामधुग् भवति। एक शब्द भी अपनी समस्त सम्भावनाओं और अपने समस्त प्रयोगों के साथ अगर समझ लिया जाय और ठीक-ठीक प्रयोग में ला दिया जाय तो वह स्वर्गलोक में मनचाही पूरी कर देता है यह केवल अर्थवाद नहीं है। शब्द को पूरी तरह जानना इतना आसान नहीं है। शब्द साधना का अर्थ है सृष्टि की प्रक्रिया का साक्षात्कार। सूक्ष्म स्तर पर नाद ही सृष्टि का बीज है और स्थूल स्तर पर भी एक शब्द, जब असंख्य सन्दर्भों से जोड़ते हैं, एक शब्द से हजारों शब्द बनाते हैं तो हमारे जातीय जीवन का एक पूरा का पूरा वृक्ष उग जाता है। एक राम नाम में कोटि-कोटि रामकथाओं की गूंज समायी रहती है और जितनी बार मन से राम का नाम लेते हैं,

उतनी बार राम की असंख्य छवियाँ सामने उतरती चली जाती हैं।

तीसरे यह कि वाचिक परम्परा के कारण संस्कृति की निरन्तरता बनी रहती है, यह जो पीढ़ियों की दूरी की बात इतनी होने लगी है, उसका कारण वाचिक परम्परा के प्रति अनादर है। हमारे यहां वाचिक सम्प्रेषण एक पीढ़ी लांघ कर ही अधिक सक्रिय होता रहा है, नाना-नानी, दादा-दादी, नातियों-नतिनियों, पौत्र-पौत्रियों को कहानी सुनाते रहे, लोरी सुनाते रहे और बच्चों के हर प्रश्न का उत्तर देते रहे, माता-पिता तो बस नाम मात्र की बातचीत करते थे। इसलिए अतीत और भविष्यत् के बीच अपने आप अन्तर महत्वहीन था, बाल सुलभ मानवीय उत्सुकता के साथ जुड़कर अधिक उम्र का अनुभव एक वृद्ध के जीवन में चाव पैदा करता था, दूसरी ओर बच्चे के भीतर आत्मविश्वास भरता था। वाचिक परम्परा केवल बोली जाने वाली भाषा ही नहीं है, वह जीवन-दर्शन भी है। हम ऐसे रस्सी बँट रहे हैं, ऐसे ऐसे, देखो न। देखो मैंने ऐसे मिट्टी के लोंदे को ऐसा-ऐसा रूप दिया। ऐसे देखो लकड़ी में से चिड़िया की चोंच निकल आयी। ऐसे सूत काता जाता है, एक उंगली ऐसे रखो। ये कौशल जो बिना किसी किताब के सम्प्रेषित होते रहे और हर कला के घराने बनते रहे, वह वाचिक परम्परा के कारण। हर साधना में आगम का महत्व है, हर आगम में कोई न कोई वक्ता है, कोई न कोई प्रश्नकर्ता। अधिकतर शिव और पार्वती का जोड़ा ही वक्ता श्रोता रहता है। आगमों में प्रायः ऐसे वर्जनात्मक वचन मिलेंगे कि यह मंत्र परम गोपनीय है, इसे उसी को देना, जो इसका अधिकारी हो। यह शास्त्र उसको बतलाना जो इसे सुनने की इच्छा करता है। हमारे यहां सेवा के अर्थ में एक शब्द है शुश्रूषा, अर्थात् दूसरे की बात सुनने की इच्छा। जो दूसरे का दुःख-दर्द सुनने का धीरज मात्र नहीं, कर्तव्य मात्र नहीं, भाव भी रखता है, वही सेवा कर सकता है। वाचिक परम्परा में कहने वाले से सुनने वाला बड़ा होता है क्योंकि सुनने वाले की उत्कंठा से, सजगता से और भीतरी आवश्यकता से वक्ता जितना जानता है, उंड़ेले देता है, जैसे गाय बछड़े के हूवे मारने से पिन्हा जाती है। अभिनव गुप्त ने इसीलिए वाग् को धेनु कहा है और सच्चे सहृदय को बछड़ा, जिसके कारण ही जगत् को वाणी का अमृत रस मिलता है। साधना के क्षेत्र में तो बिना गुरुमुख के कुछ वस्तु प्राप्त होती नहीं, होती भी है तो वह निष्फल हो जाती है। एक दीक्षा की, एक गुरु-शिष्य परम्परा के प्रति समर्पण की शर्त रखी जाती है। तुम्हें जानना है जानना है, इसलिए कि तुम्हें तो जानना है, उसे उचित पात्र को जतलाना है, देना है। लेन-देन के इस अनवच्छिन्न प्रवाह में लेने देने वाला कहीं विलीन हो जाता है, व्यक्ति नहीं रहता, केवल एक से दूसरे तक पहुंचना और बराबर नया होकर पहुंचना ही रह जाता है।

ऐसी संस्कृति में पला, इसलिए वाचिक परम्परा की बात करने का साहस कर पाता हूं, नहीं तो टीका-टिप्पणी करने वाले कहते ही रहते हैं कि इतिहास नहीं पीछे लौटता, छापेखाने के जादू ने वाचिक सम्प्रेषण की बर्बरता खत्म कर दी है, अब किताबों से एक बात असंख्य लोगों तक पहुंच जाती है। पर ये कहने वाले नहीं देखते कि श्रव्य दृश्य

संचार-साधनों ने छापेखाने को भी'पीछे कर दिया है, ऐसी सम्भावनाएं उभर रही हैं कि रचनाएं देखी जायेंगी रुपहले रंगीले चित्रपट पर, वे किताब सामने रखकर पढ़ी नहीं जायेंगी। मैं इस श्रव्य दृश्य सम्प्रेषण को शुद्ध श्रव्य सम्प्रेषण से कुछ घटिया ही मानता हूं क्योंकि सुनने में जो एकाग्रता होती है, वह देखने में नहीं। श्रीकृष्ण के रूप पर आंखें कुछ ही पल टिकती हैं और रूप से भरकर अँसुवा जाती हैं, भर आंख कब राधा ने श्रीकृष्ण को देखा, पर वंशी की ध्वनि उस वंशी में राधे की टेर कानों में पड़ी तो बस रोम-रोम कान बन जाते हैं, एक-एक शिरा कान बन जाती है, पूरा शरीर वंशी बन जाता है। आमने-सामने बैठे सुनने का सुख कुछ ऐसा होता है जो सारे दुःख हर लेता है। आज चिकित्सा में इस बात का महत्व समझा जाने लगा है कि चिकित्सक रोगी का दुःख आत्मीयता स्थापित करके बातों से जितना हर सकता है, उतना दवा से नहीं। शरीर केवल शरीर नहीं है, मन भी है, और मन का सीधा सम्बन्ध वाक् से है। वैदिक साहित्य में तो मन और वाक् को जोड़ी के रूप में देखा जाता है, वाग् व्यापार का वर्णन किया ही इस रूप में गया है, आत्मा बुद्ध्या समेत्यार्थान् मनो युंक्ते विवक्षया। मनः कायाग्निमाहत्ति स प्रेरयति मारुतम्। आत्मा या चैतन्य बुद्धि से अर्थ को ग्रहण करके अर्थ को व्यक्त करने की इच्छा या मन को विवक्षा के साथ जोतता है, जोड़ता है, नाधता है और विवक्षु मन शरीर के भीतर ऊर्जा को जगाता है, वह ऊर्जा फिर प्राणों को प्रेरित करती है कि शब्द बनें।

इस प्रकार वाचिक परम्परा शरीर और मन, आत्मा और बुद्धि, मन और प्राण, प्राण और वाणी इन सबके सामंजस्य पर बल देती है। वैदिक ऋषियों ने कहा ऐसी वाणी सख्य की, सखा भाव की, सखी भाव की पहचान करती है, अपने भीतर सोयी हुई पराये होने की पहचान कराती है, इच्छा की पहचान कराती है, हम हैं ही इसलिए कि दूसरों के हैं, यह परम्परा जीवन के रस की तलाश है। आज जब रस सूख रहा है मिट्टी से कचरे से पटती झीलों की तरह कीच कीच हो रहा है तब सन्ध्या के धुंधलके में थोड़ा-सा जो कहीं पानी है, वही झलमलाता है और वहीं लगता है प्रकाश पानी बन गया है। आदमी के भीतर का पानी मर रहा है, इसी से पानी की पुकार और तीव्र हो रही है।

मैंने देखा है उन सम्पन्न समाजों को जहां व्यक्ति के निजी एकान्त की सुरक्षा के नाम पर ऐसा घटित हो गया है कि बच्चे तरसते हैं, कभी ममी डैडी से बैठकर बातें हों, बूढ़े माता-पिता तरराते हैं कि कोई बात करने वाला मिल जाये और किसी को फुरसत नहीं है कि बात करें, चार दिनों में ही प्रेमियों के युगल ऐसे रीत जाते हैं कि उनमें से एक अगर कुछ बात करना भी चाहता है तो दूसरा माफी मांगता है डियर, बड़ी हड़बड़ी में हूं, मैं तुम्हें फोन करूंगा। उस समाज की सम्पन्नता यहां आये न आये, उसकी यह दरिद्रता बड़ी तेजी से आ रही है, अब बतरस का अभाव होता जा रहा है। जहाँ जाइए, बस काम काज की बात, रेलवे कर्मचारी रेल है, डाकखाने का कर्मचारी डाक तो वकील कानूनी बहस, डाक्टर दवाइयों का नाम और अध्यापक बस प्रवेश परीक्षा, पारिश्रमिक। और इसी से जीवन में ऊब है। यह ऊब, यह बोरियत नयी सभ्यता की सबसे बड़ी नियामत है, छोटे-छोटे बच्चे भी

अब कहने लगे हैं, अब बोर हो गये। बचपन में यह शब्द बड़ा विरल था, छात्र जीवन में मुझे याद है इलाहाबाद की पब्लिक लाइब्रेरी से अपने एक मित्र के साथ निकलता और साहित्य की बातों पर चर्चा करते-करते उन्हें हिन्दू बोर्डिंग हाउस पहुंचाने जाता, फिर वे मुझे पहुंचाने आते, बतरस में कई चक्कर लगा जाते और उस समय किताबों से पाया साहित्य इस संलाप के कारण ही आज भी मन में गूंज बना हुआ है। अब हर आदमी दूसरे आदमी को बोर करता है। यह इसीलिए कि वाचिक परंपरा की जड़ें कहीं सूख रही हैं, हमें इसकी चिन्ता है, साहित्यकार शास्त्रकार कलाकार सबको चिन्ता है, क्योंकि सबको अपनी जड़ों का रस चाहिए, वह रस कभी लोकसाहित्य में मिलता है, लोकाचार में मिलता है, लोककला में, लोक संगीत में मिलता है, लोकनृत्य में मिलता है और कभी केवल ऐसे आदमी के साथ बैठकर मिलता है जो स्मृतियों से जीता नहीं, स्मृतियों को जीता है, स्मृतियों को व्यतीत नहीं मानता अपने जीवन और अपने जातीय जीवन से अविलग देखता है।

हम अपना विश्लेषण करें तो और हैं क्या, कुछ मां के प्यार के शब्द, कुछ हमजोलियों की कभी चुकने वाली नहीं बातचीत, कुछ एकान्त प्यार के अत्यन्त संक्षिप्त संबोधन, कुछ बातों के अन्तराल के मुखर मौन, कुछ कविता की पंक्तियाँ, कुछ उपन्यासों के पात्रों की व्यथा, कुछ दादा-दादी, नाना-नानी की कहानियों के कल्पना संसार की झलक, कुछ अपने गुरुओं की प्यार भरी डांट-फटकार, कुछ परिहास के रिश्ते की गालियां, कुछ फुहार, कुछ उलाहने के शब्द, कुछ गूंजें, कुछ अनगूंजें, इनको अपने जीवन से निकाल दें तो बचेगा क्या, ये ही हमारी आंखें हैं, कान हैं, ये ही स्पर्श की संज्ञा हैं, ये ही सुगन्ध हैं और ये ही आस्वाद, इन्हीं के कारण रोजमर्रा की बातों में भी रस आता है रोजमर्रा भी जिन्दगी जिन्दगी लगती है। आचार्य रामचन्द्र शुक्ल के शब्दों में चित्रकूट की राह में जो पैरों में कांटे गड़ते हैं, वे चुभते नहीं, वे राम की स्मृति के स्पर्श के पुलक बन जाते हैं, उनसे एक नाता स्थापित हो जाता है और निराला के शब्दों में कहें तो लगे जो उपल पद हुए उत्पल ज्ञात, पत्थर पैरों के नीचे कमल बन जाते हैं।

अपसंस्कृति की जलकुंभियों से वाचिक परम्परा आक्रान्त भले ही हो, पर जीवन को जीवनीय बनाने के लिए तलब उसी पानी की है, जो अभी भी कहीं गहराई में जातीय मन की गहराई में बह रहा है। वाचिक परम्परा की जरूरत जितनी आज है, उतनी कभी न रही होगी क्योंकि विमानवीकरण का कोई दूसरा समाधान नहीं रह गया है, सिवाय इस आत्मीय सम्प्रेषण के द्वारा जगाये गये एक दूसरे को एक दूसरे से भरने के भाव के।

प्रसाद की भारतीय दृष्टि

प्रसाद दृष्टि का निरूपण करने के पहले प्रसाद की भूमि पर विचार करना आवश्यक है, क्योंकि किस बिन्दु से प्रसाद ने अपने ऐतिहासिक, सामाजिक-सांस्कृतिक परिवेश को देखा है, उससे उनकी दृष्टि का महत्व और अधिक सुगमता से समझ में आयेगा। प्रसाद की भूमि थी बनारस और बनारस का रंग। वे सम्पन्न सुखी परिवार के स्वाधीन स्वाध्यायी, लजाधुर स्वभाव के संकोची, विशिष्ट प्रतिभाशाली व्यक्ति होते हुए भी काशीवासी की सहज प्रकृति के कारण अपने से परे थे। उन्होंने एक ओर घर पर ही संस्कृत काव्य दर्शन पढ़े, पुरातत्व और इतिहास का अध्ययन किया, ब्रजभाषा की रीतिकालीन काव्यपरम्परा में 'अनबूड़े बूड़े' न रहकर 'तिरे जे बूड़े सब अंग' की भूमिका में निमग्नोत्तीर्ण सहृदय थे, उन्होंने बड़ी लगन से अपने अक्षरों में एक हजार छन्द (उत्तर मध्यकालीन ब्रज साहित्य के) अपने अभिन्न सुहृद स्व. श्री सिंह के साथ बैठकर उतारा, वह कापी आज स्व. उदयशंकर शास्त्री के परिवार में वन्दीकृत पड़ी है, वे महफ़िलानुरागी थे और उन्हें बनारसी घराने के संगीत की गहरी परख थी, वे गोष्ठी प्रिय व्यक्ति थे, बड़ी सभा में बहुत कम जाते थे, पर कवियों, विद्वनों, कलावन्तों से मिलने और उनसे बात करने में उन्हें बड़ा सुख मिलता था। उनकी मित्रमंडली भारतेन्दु की तरह ही बड़ी फक्कड़ और बड़ी विचित्र मंडली थी। स्व. रायकृष्णदास ने इस मंडली के काव्यशास्त्र विनोद के अभिलेख तैयार किये हैं, जो अब लगभग प्रकाशितप्राय है। यह सब होते हुए भी वे भारतेन्दु से भिन्न इस माने में थे कि आत्मलीन होते हुए भी वे अमुखर थे, अन्तर्मुखी व्यक्ति थे। और सबसे बड़ी बात यह कि वे उतने ही विषादी थे जितने बाहर से आमोदी। कारण की गहराई में मैं नहीं गया हूँ, पर कल्पना कर सकता हूँ कि स्वाध्याय और गोष्ठीबाजी साथ-साथ चलाना, स्वदेश चिन्ता और विभवचिन्ता साथ-साथ निभाना यह तनाव काफी भारी पड़ा होगा, स्वास्थ्य पर भी और चित्त पर भी। इतनी कम आयु में इतना कुछ लिख जाना अपना भीतरी कष्ट झेलते हुए लिख जाना और इतनी बौद्धिक परिपक्वता तक पहुंच पाना इस शताब्दी की विस्मयकारी घटना है। बनारसी रंग की बात मैंने शुरू में की, उसका अर्थ यही है कि रागरंग वैभव-विलास सबमें रमना और सबसे अलग कुछ विहरना (आमोद के रंग में

नहा, गहरे जातीय विषाद में विहरना) दोनों स्थितियों में अपने को डालते हुए तिरना बनारसी होना है, विशिष्ट जनों की संगति में रहते हुए सामान्य बने रहना और सामान्य दिखने में ही सुख पाना बनारसी रंग का सबसे प्रमुख अभिलक्षण है। इस अर्थ में मैं विनयपूर्वक निवेदन करूंगा कि वे भारतेन्दु से अधिक गहरे बनारसी रंग के व्यक्ति थे, उनकी तरह दूसरे व्यक्ति हो सकते थे कुछ कम ज्ञात पर बड़े ही सशक्त लेखक स्व. बलदेव प्रसाद मिश्र, जो कुछ अधिक मुखर होने के कारण ही उतना दे नहीं सके, हां उन्होंने जितना दिया, उतना अद्वितीय है। स्व. हजारीप्रसाद द्विवेदी बनारसी से अधिक शांति निकेतनी थे।

इस भूमि की बात यहीं समाप्त करके मैं अब प्रसाद की दृष्टि की बात अति संक्षेप में करूंगा। प्रसाद जी की भारत की पहचान अतीत गौरववादी पहचान से कुछ अलग थी, इस माने में कि प्रसाद को अपने वर्त्तमान से सरोकार कुछ अधिक था और ध्रुवस्वामिनी स्कन्दगुप्त और चाणक्य की ही नहीं ननकू सिंह, मधुआ और तितली की भी सृष्टि कर सकते थे। इतिहास का बोध उनको आक्रान्त नहीं करता था। उन्होंने अपने इतिहास पुरुषों के भीतर के अकेलेपन को पहचाना और अपने युग के एकला चलो रे के प्रतिमान गान्धी में उस अकेले अभियान की सांस्कृतिक परिणति पायी। स्कन्दगुप्त और चाणक्य बहुत बड़े आत्मदान से बनते हैं। प्रसाद ने आस्तिक सनातनी दृष्टि से अपने इतिहास को देखा है, साम्राज्य-लिप्सा और साम्राज्यवादिता का विरोध उन्होंने किया, परन्तु मुसलमान या उसके पहले के किसी विजातीय समुदाय के प्रति उनके मन में कभी द्वेष नहीं रहा। यही कारण है कि उन्होंने अकबर की सदाशयता की बात भी की और महाराणा प्रताप के महत्व की बात भी की।

पर्वत की कन्दरा महल है, बाग है
जंगल ही आहार घास, फलफूल है
सच्चा हृदय सहायक उनके साथ है।

महाराणा प्रताप हिन्दूपति ही नहीं अविचल स्वाधीनभाव के ऐसे अप्रतम योद्धा हैं, जिन्हें पेशोला झील का पानी पुकारता रहता है--

कौन लेगा भार यह
कौन विचलेगा नहीं
दुर्बलता इस अस्थिमांस की
ठोंक कर लोहे से, परख कर वज्र से
प्रलयोल्का खंड के निकष पर कस कर
चूर्ण अस्थिपुंज सा हंसेगा अट्टहास कौन।
साधना पिशाचों की बिखर चूर-चूर होके
धूलि से उड़ेगी किसकी दृप्त फूत्कार से।

कौन लेगा भार यह।
जीवित है कौन।
सांस चलती है किसकी
कहता है कौन ऊँची छाती पर, मैं हूं--
मैं हूं-मेवाड़ में
अरावली-शृंग-सा समुन्नत सिर किसका।

प्रसाद जी की प्रताप के सम्बन्ध में उक्ति गांधी पर पूरी तरह घटती है। उनकी ऐतिहासिक दृष्टि की दूसरी विशेषता थी कि वे इतिहास की सीमा पहचानते थे, वे जातीयस्मृति का महत्व पहचानते थे, कामायनी की भूमिका में उन्होंने लिखा--

'प्रायः लोक-गाथा और इतिहास में मिथ्या और सत्य का व्यवधान मानते हैं। किन्तु सत्य मिथ्या से अधिक विचित्र होता है। आदिम युग के पुरुषों के प्रत्येक दल ने ज्ञानोन्मेष के अरुणोदय में जो भावपूर्ण इतिवृत्त संगृहीत किये थे, उन्हें आज गाथा या पौराणिक उपाख्यान मान कर अलग कर दिया जाता है, क्योंकि इन चरित्रों के साथ भावनाओं का भी बीच-बीच में सम्बन्ध हुआ-सा दिखता है।' आज इस अखण्ड इतिहास दृष्टि का महत्व समझा जाने लगा है, पर प्रसाद के काल में एकरेखीय इतिहास चेतना ही हावी थी। इस अर्थ में प्रसाद अपने युग से आगे थे।

प्रसाद की दृष्टि बड़ी साफ थी, वे अपने समय की भयावह आर्थिक विषमता की समस्या का समाधान समझौते में नहीं, बल्कि कठिन संकल्प और आत्मावलम्बन में पाना चाहते थे। भोग-विलास के वातावरण में रहते हुए भी संयत जीवन की ऊर्जस्विता वे पहचानते थे। उनकी प्रेम कहानियों में संयम का स्वर बहुत ही विशिष्ट है, वह इसीलिए कि कहीं दूसरा बड़ा लक्ष्य है, प्यार उसमें बाधक नहीं होता, प्रीति सुख की चाह नहीं है, वह प्रलय के साथ-साथ चलने वाली यात्रा है। वे गांधी युग में रहते हुए भी महात्मा गांधी के प्रशंसक हैं, अनुयायी नहीं। आनन्द कुमार स्वामी की पुस्तक 'आर्ट एण्ड स्वदेशी' पढ़ें और प्रसाद की 'तितली' पढ़ें तो ये दोनों एक दूसरे की पूरक रचनायें लगेंगी। स्वाधीनता का संघर्ष भीतरी समंजसता से जुड़कर ही शक्तिशाली होगा, गांधी जी यह सही है भारत के सौष्ठव-बोध या राग-बोध (या चलते शब्द एस्थेटिक सेंसिविलिटी का प्रयोग करें) को ठीक-ठीक नहीं पहचानते थे, इसलिए उनकी स्वदेशी परिधान तो बनी, भीतरी स्वभाव नहीं बनी।

प्रसाद की स्वदेश-चिन्ता इतिहास के उद्धार की चिन्ता मात्र नहीं है, वह मानवमात्र के नवनिर्माण के लिए उदार सांस्कृतिक धरातल के खोज की चिन्ता है। यहां उनकी वैचारिक पीठिका स्व. आचार्य नरेन्द्रदेव की नवसंस्कृति की अवधारणा से बहुत मेल खाती है, उनके समकालीन होते हुए भी वे पूर्णतर स्फूर्ति के रूप में आचार्य जी के पूर्ववर्त्ती है। कामायनी आचार्य जी द्वारा नव संस्कृति के प्रतिपादन से बहुत पूर्व की रचना है। कामायनी के अन्तिम सर्ग में इसी संस्कृति के पुनर्निर्माण की कल्पना है--

···देखो कि यहाँ पर कोई भी नहीं पराया।
हम अन्यत्र न और कुटुम्बी हम केवल एक हमी है
तुम सब मेरे अवयव हो जिसमें कुछ नहीं कमी है
शापित न यहां है कोई तापित पापी न यहां है,
जीवन वसुधा समतल है, समरस है जो कि जहां है
चेतना समुद्र में जीवन लहरों सा बिखर पड़ा है
कुछ छाप व्यक्तिगत अपना निर्मित आकार खड़ा है।

प्रसाद की दृष्टि स्वच्छतर हो रही थी कि उनका करुण अन्त हो गया। वे जिस प्रत्यभिज्ञा की भूमिका में प्रवेश कर रहे थे, उसका ताल-मेल छायावादी कविता की भूमिका से नहीं था। प्रसाद भगवान् बुद्ध के करुणा-मार्ग के प्रशंसक होते हुए भी श्रीकृष्ण के आराधक थे और पलायन के प्रलोभनों का तिरस्कार करते थे, वे अलभ्य सौभाग्यमय जीवन की खोज करना चाहते थे, पर उसी भूमि से चलकर जहाँ वे अपने देश काल में खड़े थे, वह भूमि रीतिकालीन शब्दपरिष्कार और छायावादकालीन अर्थपरिष्कार से बनी थी, पर प्रसाद वहां से कहीं आगे की सम्भावना देख रहे थे, जहां समग्र जीवन दिखता था और समग्र चिति दिखती थी और भारत के समग्र चिन्तन की नये विश्व में आत्मसंहार के क्षण से उबरने की चिन्ता करने वाले नये विश्व में नयी भूमिका दिखती थी। आज प्रसाद को इस दृष्टि से पुनः और गहराई से पढ़ने की आवश्यकता है।

प्रसाद दृष्टि की अन्तिम बिन्दु मेरी समझ में साकल्य के लिए उनका अनवरत प्रयत्न है। वे छाया शब्द का अर्थ प्राचीन काव्यशास्त्र से ढूँढ निकालते हैं और रहस्य की व्यवस्था अपनी परम्परा से प्राप्त सूत्रों से करते हैं। वे मनु की गाथा को पूर्णतर रूप में बिखरे आख्यान सूत्रों को जोड़कर प्रस्तुत करते हैं। वे शैव प्रत्यभिज्ञा दर्शन को अपने समय के सन्दर्भ से जोड़ते हुए प्रातिभासिक रमणीयता में शिवत्व का अनुसंधान करते हैं और इसके मूल के खोज के लिए इन्द्र और वरुण की दो परस्पर पूरक उपासना-धाराओं तक जाते हैं। मैं स्वयं उनकी वैदिक संस्कृति की अवधारणा से पूरे तौर पर सहमत नहीं हूं, पर प्रसाद जी अपने समय की युग-चेतना को अखंड और समंजस बनाने के लिए जो इतना नया निर्वचन अपनी समृद्ध परम्परा से प्रस्तुत करते हैं, इस प्रयत्न को मैं अपने युग का अतिक्रमण करने वाला प्रयत्न मानता हूं। छायावाद युग में ऐसा प्रयत्न दो ने किया, प्रसाद जी ने और उनसे युवतर नवीन जी ने। महादेवी जी और पन्त जी वैदिक उत्स की ओर काफी बाद में मुड़े। प्रसाद जी को इसका श्रेय है कि भारत की समग्र प्रत्यभिज्ञा की एक आकल्पना दी, एक भीतरी आंख दी।

इस प्रसाद-दृष्टि के आलोक में आज प्रसाद साहित्य का पुनर्वाचन और पुनर्व्याख्यान होगा तो न केवल प्रसाद समझे जायेंगे, प्रसाद का भारत समझा जा सकेगा, बल्कि उसके साथ ही भारत की समझदारी का आज के विश्व में क्या विनियोग हो सकता है, यह भी समझा जा सकेगा।

जातीय स्मृति के प्रतिमान : प्रसाद

व्यक्तित्व के निर्माण में स्मृति का उपादान अत्यन्त महत्वपूर्ण होता है, उस स्मृति का एक कोना जातीय स्मृति के लिए सुरक्षित रहता है, इसी कोने से संकट में आत्मविश्वास भी प्राप्त होता है और इसी से कभी-कभी आतंक भी होता है। आत्मविश्वास जहां गतिशील बनाता है, वहीं आतंक बहुत रोकता है, संभलो ! जातीय स्मृति इस प्रकार परिचालित भी करती है, नियंत्रित भी करती है। जब जातीय जागरण का अभियान छिड़ता है तो जातीय स्मृति की कुछ अतिरिक्त भूमिका हो जाती है और तब जातीय गौरव का पक्ष छांट-छांट कर उसमें से अलग किया जाता है, एक तरह से प्रस्तुत समय की अपेक्षा को देखते हुए जातीय स्मृति का संस्कार होता है। ऐसे संस्कार अधिकतर साहित्य और कला के द्वारा सम्पन्न होते हैं। उन्नीसवीं सदी के अन्तिम चरण और बीसवीं सदी के प्रथम चरण में इस संस्कार का कुछ अतिरिक्त आग्रह दिखायी पड़ा, उसके बाद इस संस्कार की परीक्षा शुरू हुई। हिन्दी में यह शुरूआत प्रसाद से होती है। पर इसके पहले कि हम प्रसाद को जातीय स्मृति के प्रतिमान के रूप में स्थापित करें, उनकी जातीय स्मृति की जमीन का परिचय देना आवश्यक होगा।

प्रसाद जी ने ब्रजभाषा काव्य की दीक्षा ही नहीं पायी, उसमें बहुत गहराई में उतरे, उन्होंने एक हज़ार हृदयस्पर्शी छन्दों का संकलन किया, अपने हाथ से उसे लिखा, इस कार्य में उनके सहयोगी थे स्व. लक्ष्मीनारायण सिंह। दोनों को इस संग्रह के छन्द बार-बार चर्चा से अधिकतर कंठस्थ हो गये थे। प्रसाद जी काशी की ऐसी परम्परा में पगे थे, इससे ठुमरी, ठप्पा, चैती, पूरबी की धुनों के पारखी श्रोता थे, उनके गीतों से इन धुनों की गूंजें बराबर मिलती हैं। उन्होंने औपचारिक रूप से तो शिक्षा पाई नहीं थी। अलग-अलग शिक्षक उनके लिए रखे गए थे। सबसे अधिक प्रभाव उनके संस्कृत शिक्षकों का था जिनमें से एक का नाम था--गोपाल पंडित, जिन्होंने उन्हें कालिदास, श्रीहर्ष और भवभूति से परिचय कराया था तथा काव्यशास्त्र पढ़ाया था। प्रसाद जी ने शैव प्रत्यभिज्ञादर्शन का अध्ययन संस्कृत की जानकारी होने पर स्वयं किया था। पर वैदिक संस्कृत का अध्ययन अधिकतर उन्होंने अनुवादों के माध्यम से किया था। यह बहुत ही विचित्र बात लगती है कि

उनकी समस्त रचनाओं में रामायण की गूंज सिवाय--

> सिन्धु सा विस्तृत और अथाह एक निर्वासित का उत्साह।
> दे रही अभी दिखाई भग्न, मग्न रत्नाकर की वह राह।।

जैसी इनी-गिनी पंक्तियों में ही मिलेगी जबकि महाभारत के सन्दर्भ से जुड़े हुए उनके दो तीन नाटक हैं--उर्वशी चम्पू, सज्जन, जनमेजय का नागयज्ञ। और श्रीकृष्ण के गीता-उपदेश की गूंज तो अनेक स्थलों पर मिलती है। सम्भवतः ब्रजभाषा कविता के गहरे संस्कार ने उनकी वृत्ति को श्रीकृष्णमय अधिक बनाया था। उनके जीवन-दर्शन पर भी जितना प्रभाव महाभारत का है उतना रामायण का नहीं। इसी प्रसंग में एक उल्लेखनीय बात यह है कि प्रसाद ने अपने ऐतिहासिक नाटकों के विषय केवल प्राचीन इतिहास से लिए और मध्ययुगीन इतिहास की जो गौरव गाथाएं द्विजेन्द्रलाल राय, रमेशचन्द्र दत्त और बंकिमचन्द्र चट्टोपाध्याय, हरिनारायण आप्टे को उद्वेलित कर चुकी थीं उनका कोई विशेष प्रभाव प्रसाद जी पर नहीं आया। उनकी कहानियों में या तो समकालीन संदर्भ हैं या थोड़ी सी कहानियों में दसवीं-बारहवीं तक के इतिहास का संदर्भ है। कालक्रम उनके अंतिम गौरवशाली चरित नायक पृथ्वीराज हैं जिनका स्मरण प्रायश्चित्त नामक लघु नाटक में किया गया है। प्रसाद के कथा-साहित्य में केवल तीन-चार कहानियां मुगल इतिहास के परिवेश की मिलती हैं पर वे ऐतिहासिक न होकर मानवी चरित्र के द्वन्द्व का अधिक रेखांकन करती हैं।

प्रसाद ने जो अपने देश के प्राचीन इतिहास का एक आकार अपने मन में बनाया, उसमें तीन बातें विशेष महत्व की थीं। एक तो यह कि आर्यों की आदिभूमि त्रिसप्तक प्रदेश ही है। इसके अंतर्गत तीन नदियों के अधिग्रहण क्षेत्र आते हैं। सरस्वती, सुदूर उत्तर पश्चिम में सिन्धु बीच में और गंगा पूर्व में। यहीं से टूटकर एक अलग जाति असुरों की पश्चिम की ओर गयी और यह घटना सात हजार ई. पूर्व घटी।

उनके लेख 'प्राचीन आर्यावर्त, प्रथम सम्राट् इंद्र और युद्ध' से उद्धरण लें- "महावीर इंद्र की विजयों ने प्राचीन आर्यावर्त के त्रिसप्तक नद प्रदेश से असुर उपासकों को हटा दिया। ईरान में यह असुर उपासना, अहोर्मज्द धर्म फूला-फला। यह ऐतिहासिक प्रसंग सात हजार पांच सौ ईसा पूर्व से पहले का है। पिछले काल में भी मैत्रायण, इक्ष्वाकु और क्षत्रिय जैसी धर्म अनुयायी जातियां उन देशों में अपनी विजय वैजयन्ती उड़ा आती थीं। आर्य सभ्यता के उदय का यह प्रारम्भिक अध्याय है। जब इन्द्र ने आत्मवाद का प्रचार किया, तब असुरों पर विजय प्राप्त की। आर्यावर्त में जब साम्राज्य स्थापित किया।"

प्रसाद जी की दृष्टि में नस्ल या रक्त का महत्व नहीं था। वे निरन्तर नस्लों और जातियों के मिश्रण से उदित होने वाली विशालतर मानव सभ्यता की संभावनाओं का दिग्दर्शन कराते हैं। 'जनमेजय का नागयज्ञ' का तो यह केन्द्रभूत विषय है। नागजाति से निरन्तर संघर्ष का समाधान व्यास ने इसमें देखा है कि नागों और आर्यों का रक्त एक

प्रतिपादित अद्वैत या शैव प्रत्यभिज्ञा दर्शन के सामरस्य के प्रति होते हुए भी उनके मन में उन सभी उपासना पद्धतियों और आचार-पद्धतियों के प्रति आदर भाव है, जहां सहजता है, जहां मनुष्य की गरिमा का निर्वाह है, जहां नारी को उचित सम्मान है और जहां विपन्न दया का पात्र न होकर अपना ही विस्मृत स्वजन है। उन्होंने नारी का **कर्णवाह** और **समपाह** के जो उद्धरण उन्होंने दिये हैं उसमें से एक सार्वभौम मादन-भाव ही पाते हैं। वे अपनी अखंड दृष्टि से देखते हुए विश्वासपूर्वक कहते हैं कि "वर्तमान हिन्दी में इस अद्वैतवादी रहस्यवाद की सौन्दर्यमयी अभिव्यंजना होने लगी है वह साहित्य में स्वाभाविक रहस्यवादः इसमें अपरोक्ष अनुभूति, समरसता तथा प्राकृतिक सौन्दर्य के द्वारा अहम् का इदम् से समन्वय करने का सुंदर प्रयत्न है। हां, विरह भी युग की वेदना के अनुकूल मिलन का साधन बनकर इसमें सम्मिलित है, वर्तमान रहस्यवाद की धारा भारत की निजी सम्पत्ति है इसमें सन्देह नहीं"। 'यथार्थवाद और छायावाद' शीर्षक निबन्ध में प्रसाद जी ने यथार्थवाद की इस भूमिका को महत्व दिया है कि "वेदना से प्रेरित होकर जन-साधारण के अभाव और उनकी वास्तविक स्थिति तक पहुंचाने का काम यथार्थवादी साहित्य करता है-यथार्थवाद शूद्रों का ही नहीं अपितु महानों का भी है। वस्तुतः यथार्थवाद का मूल भाव है वेदना। जब सामूहिक चेतना छिन्न-भिन्न होकर पीड़ित होने लगती है तब विवृत वेदना आवश्यक हो जाती है।" पर इसके साथ ही में इसकी सीमा का भी रेखांकन करते हैं। वे इस पर चिंता व्यक्त करते हैं कि यथार्थवाद के कारण स्त्रियों के संबंध में नारीत्व की दृष्टि ही प्रमुख होकर मातृत्व से उत्पन्न हुए सब संबंधों को तुच्छ कर देती है।

प्रसाद जी के बारे में एक भ्रांत धारणा है कि वे मूलतः सौंदर्यवादी कवि थे पर उनके समग्र साहित्य के अवगाहन से विशेष रूप से उनके गद्य-साहित्य के अवगाहन से स्पष्ट हो जाता है कि वे एक तो सौन्दर्य को वस्तुगत या बाह्य नहीं मानते, दूसरे वे प्रेय को ही साहित्य का लक्ष्य नहीं श्रेय को भी उतना ही महत्व देते हैं। 'काव्य और कला' निबन्ध में उन्होंने स्पष्ट रूप से कहा है कि-"यह मानते हुए कि ज्ञान और सौंदर्यबोध विश्वव्यापी वस्तु है, इनके केन्द्र देश, काल और परिस्थितियों से तथा प्रधानतः संस्कृति के कारण भिन्न-भिन्न अस्तित्व रखते हैं। वे सौंदर्यानुभूति को संस्कृति से विच्छिन्न नहीं देखते और इसीलिए वे भारतीय सौंदर्यबोध का स्रोत उस चिंतन में पाते हैं जहाँ मूर्त और अमूर्त दोनों को एक दूसरे का पूरक माना जाता है जहां मूर्त और अमूर्त में पश्चिम की संस्कृत अद्वैत देखती है और मूर्त का तिरस्कार करने लगती है वहां 'भारतीय उपनिषदों का प्राचीन व्रह्मवाद इस मूर्त विश्व को व्रह्म से अलग निकृष्ट स्थिति में नहीं मानता'।

इसके साथ ही साथ वे काव्य को या कला को केवल प्रेय की ओर उन्मुख नहीं मानते। वे स्पष्ट रूप से यह घोषणा करते हैं कि "काव्य में जो आत्मा की भौतिक अनुभूति की प्रेरणा है, वही सौन्दर्यमयी और संकल्पनात्मक होने के कारण अपनी श्रेयस् स्थिति में रमणीय आकार में प्रकट होती है।"

प्रसाद की इन विवेचनात्मक स्थापनाओं को देने का प्रयोजन यहां यही है कि उनकी

जातीय अस्मिता की विशालता और व्यापकता का एक पार्श्वचित्र दिया जा सके। वस्तुतः प्रसाद उन्मादी देशभक्ति वाले साहित्यकार नहीं हैं। उन्होंने उसी वीरता को आदर्श माना है जिसमें उबाल न हो, मान न हो। वीरता स्कन्दगुप्त के दीप्तमान् पात्र गोविन्दगुप्त के शब्दों में--"वीरता उन्माद नहीं है, आंधी नहीं है--जो उचित अनुचित का विचार न करती हो। केवल शस्त्र बल पर टिकी हुई वीरता बिना पैर की होती है। उसकी दृढ़ भित्ति है न्याय।"

प्रसाद की जातीय स्मृति इसीलिए भारत-भारती की जातीय स्मृति से गुणात्मक रूप से भिन्न है। भारत-भारती की जातीय अस्मिता को नहीं नकारा जा सकता किन्तु उसके कारण उत्पन्न होने वाले अतिरिक्त आत्मविश्वास के खतरों को भी आंखों से ओझल नहीं किया जा सकता। प्रसाद ने उन खतरों को देखा और देशभक्ति का प्रतिमान जिन तीन पात्रों में पाया है वे सभी अनुद्वेलित होने वाले धैर्यशाली विवेकशील और दृढ़ पात्र हैं। ये पात्र हैं--युधिष्ठिर जो यह जानते हुए भी चित्रसेन ने दुर्योधन की अभिसन्धि समझकर ही मित्रता निभाने के लिए उनके समस्त परिजनों के साथ बन्दी बनाया, अर्जुन को आदेश दिया की उन्हें छुड़ा लाओ, चाहे तुम्हें इसके लिए प्राणों की बाजी लगानी पड़े और बहुत ही संकेत से छुड़ाकर लाए दुर्योधन को उपदेश दिया कि "तुम गुरुजनों की आज्ञा के अनुकूल नहीं चलते--यह अच्छा नहीं करते--संसार में राजा ईश्वर का प्रतिनिधि स्वरूप समझा जाता है अतएव तुम्हें बहुत सोच-समझकर चलना चाहिए।" उनकी वीरता के दूसरे प्रतिमान हैं--स्कन्दगुप्त जो अधिकार सुख से उदासीन होते हुए भी भारत की धरती पर हूणों का आक्रमण नहीं सहन कर सकते और हूण विजय के बाद भी हूणों के साथ मिलकर अभिसन्धि करने वाली अपनी विमाता और अपने सौतेले भाई पुरुगुप्त को क्षमा ही नहीं करते, युवराज घोषित करते हैं।

तीसरे प्रतिमान हैं चाणक्य--जो चन्द्रगुप्त को एक बहुत बड़े साम्राज्य का अधिपति बनाकर जो निर्मम कूटनीति का आश्रय लेकर चन्द्रगुप्त को विशाल साम्राज्य का अधिपति बनाते हैं और स्वयं फिर उसी आश्रम में लौट जाते हैं जहां उन्होंने शिक्षा प्राप्त की थी। वे अपनी बाल सहचरी सुवासिनी को अत्यन्त निश्छल हृदय से अपने प्रतिस्पर्धी और शत्रु राक्षस के लिए छोड़ देते हैं क्योंकि वे जानते हैं कि सुवासिनी का हृदय राक्षस की ओर झुका हुआ है। प्रसाद जी के आदर्श प्रतिमान कभी-कभी बड़े कातर, एकाकी और उदास लगते हैं पर प्रसाद में विवेकपूर्ण देशभक्ति की यही नियति मानी है कि इस पथ पर चलनेवाला ही महाजाति की रक्षा करता है और वह स्वयं अपने संकल्प की तीक्ष्णता और विशालता के कारण सबसे अलग-थलग हो जाता है। वे इन सबमें श्रीकृष्ण के इस भाव का प्रयत्न करते हैं कि यह जीवन पूरा का पूरा यज्ञ है, समष्टि के लिए उत्सर्ग है। उत्सर्ग करने वाला अपने को, उत्सर्ग करके जो कुछ बचता है वही शुद्ध आत्मा है इसी आत्मा की खोज प्रसाद की दृष्टि में जातीय अस्मिता की खोज है और इस खोज को प्रवर्तित करने के लिए उनकी जातीय स्मृति के उपादान हैं युधिष्ठिर, स्कन्दगुप्त, चाणक्य जैसे नायक, गोविन्दगुप्त, पर्णदत्त, सिंहरण जैसे पुरुष पात्र, अलका, कल्याणी, मालविका, देवसेना,

मल्लिका, ध्रुवस्वामिनी जैसी दुराधर्ष पर भीतर से अत्यन्त कोमल नारी पात्र।

इस पूरी छवि को एक पिछवाई देने का काम वे पात्र करते हैं जो उद्धत हैं, स्वार्थ-प्रेरित हैं, मदान्ध हैं और इसीलिए प्रसाद की दृष्टि में दयनीय हैं।

प्रसाद की जातीय स्मृति में सबसे गहरी छाप है, संयुक्त परिवार की अवधारणा की जिसमें ईर्ष्या, स्वार्थ, अधिकार लिप्सा और उससे प्रेरित विवेकहीनता और कटुता भी हैं, पर ये सभी विशालहृदयता, उत्सर्ग और विवेक के आगे अन्ततः समर्पण करते हैं, इस संयुक्त परिवार के अनुशासन की निर्ममता से कभी पलायन, कभी विद्रोह भी है, पर या तो वह विद्रोह किसी विशालतर परिवार के हित के लिए होता है और इसलिए परिवार भावना का ही पोषक होता है या फिर आवेगमय उच्छृंखलता में परिणत होकर हेय हो जाता है। प्रसाद ने आत्मघात और आत्मोत्सर्ग में बराबर भेद किया है। उनके कुछ पलायनवादी स्त्रीपात्र आत्मघात करते हैं, कुछ एकनिष्ठ प्यार से प्रेरित पात्र बड़े उद्देश्य के साथ जीवन की आहुति देते हैं, कुछ जीवन को होम करते हुए भी देवसेना की तरह स्वेच्छा से अपने को सुख से वंचित करते हैं।

प्रसाद उस विराट् रागतत्व का आवाहन करते हैं, "जो पतझड़ करके नयी कोंपल लाता है, जो हमारे कई जन्मों की मादकता में उत्तेजित होकर इस भ्रान्त जगत् में वास्तविक बात का स्मरण करा देता है, जो कोकिल के सदृश करुण आवाहन करता है, जिसमें विश्व भर के सम्मिलन का उल्लास स्वतः उत्पन्न होता है, एक आकर्षण सबको कलेजे से लगाना चाहता है, उस वसन्त को, उस खोयी हुई निधि को, लौटा लो। कांटों में फूल खिलें, प्रकाश हो, सौरभ खेल खेले। विश्व मात्र एक कुसुम स्तबक सदृश किसी निष्काम के करों में अर्पित हो।" ध्यान से इन पंक्तियों पर विचार करेंगे तो हमें कालिदास की रम्यता की उस परिभाषा की गूंज इनमें मिलेगी, जिसमें रम्यता की कसौटी पर्युत्सक भाव है, ऐसा जो चेतना के गहरे स्तरों से उठता है, रम्यता चैतन्य के बिछुड़े हुए अंश के रूप में पुकार लगाती है-

रम्याणि वीक्ष्य मधुरांश्च निशम्य शब्दान्
पर्युत्सुकीभवति यत्सुखितोपि जन्तुः ।
तच्चेतसा स्मरति नूनमबोधपूर्वं
भावस्थिराणि जननान्तरसौहृदानि।।

अपनी इस अखण्ड रागात्मक भूमिका के कारण ही प्रसाद में ऐसा कुछ जो अपने जमाने से उन्हें आगे ले जाता है या यों कहें अपने जमाने की स्वच्छन्दता की प्रवृत्ति को स्वाधीनता की परिभाषा में विलीन करता है।

प्रसाद के 'एक घूंट' एकांकी में अरुणाचल आश्रम के झाड़ू वाले दम्पती सच्चे प्यार की शिक्षा देते हैं, फोटो के सौन्दर्यवादी दर्शन में पगे नव अभिजात प्राणियों को और अरुणाचल उच्छृंखल प्रेम को बांधने का नियम बन जाता है। प्रसाद की जातीय स्मृति की सघनता ही उन्हें स्वच्छन्दतावाद के विहार से विरत करती है। इस बिन्दु पर वे अपने

समय के कविगुरु रवीन्द्रनाथ ठाकुर से बिल्कुल अलग हैं, वे रहस्य के अन्वेषी और छाया के पारखी होते हुए भी मूलतः कहीं ठोस धरातल पर खड़े हैं, ध्रुवस्वामिनी के विद्रोह में भी प्रसाद दम्भहीन गृहस्थधर्म की ही स्थापना की बात आगे रखते हैं। देवसेना के निर्धूम और साथ ही साथ निर्ज्वाल प्यार में भी उन्हें ललक इसी बात की है कि इस जीवन के आराध्य अगले जन्म के प्राप्य हों, जो ठीक-ठीक जुड़ना नहीं हो सका। स्वाभिमान के कारण वह अगले जन्म में निश्चय होगा, यह आशा ही देवसेना की वेदना को एकाकिनी नहीं रहने देती, वह विश्व को सौंप दी जाती है--

लौटा लो यह अपनी थाती,
मेरी करुणा हा हा खाती।
विश्व न संभलेगी यह मुझसे
इसने मन की लाज गंवाई।

प्रसाद अभिमान को मारने के लिए काषाय का जो समाधान चन्द्रगुप्त नाटक में चाणक्य के मुख से देते हैं, वह समाधान एक लम्बी और पेंचदार जीवनयात्रा के बाद है, पहले नहीं, क्षुद्रतर उद्‌देश्य की सिद्धि के बाद ही महत्तर उद्‌देश्य का रूप समझ में आता है। पुरुषार्थों के तारतम्य की यह व्यवस्था प्रसाद के मन पर अच्छी तरह टंकित है, वे अर्थ काम मोक्ष धर्म इन पुरुषार्थों में विरोध नहीं देखते, पर जहाँ एकान्ततः एक ही रहता है, वहां उसे पुरुषार्थ नहीं मानते, पुरुषार्थ का आभास मानते हैं और ऐसे पुरुषार्थ अपनी विफलता से ही पुरुषार्थ को समग्रता का संकेत देते हैं। प्रसाद का आत्मवाद कठोर तप की मांग करता है और कामना के विवेक के से ऐसे ही भविष्यत् को सामने लाना चाहता है "जिस दिन ईश्वर और मनुष्य, राजा और प्रजा, शासितों और शासकों का भेद विलीन होकर विराट् विश्व जाति और देश के वर्णों से स्वच्छ होकर एक-एक मधुर मिलन क्रीड़ा का अभिनय होगा।" कामना और सन्तोष का मिलन उन्हें अभीष्ट था, विलास और लालसा का नहीं, यह इसलिए कि ये उस जातीय स्मृति से परिचालित थे, जो बांधती नहीं, वह स्नेहसम्बल देकर आगे बढ़ने के लिए तिलक कर देती है। यही उनकी जातीय स्मृति की वह गुणवत्ता है, जो उन्हें विशिष्ट बनाती है।

'कचनार' और 'मृगनयनी' का देश-काल

स्वर्गीय श्री वृन्दावनलाल वर्मा को मैं देसी रंग का (लोकल कलर का) हिन्दी के उपन्यास संसार का सबसे सशक्त अभिव्यंजक मानता हूँ, स्व. श्री देवकीनन्दन खत्री ने इसका सूत्रपात अवश्य किया था। स्व. ठाकुर जगमोहन सिंह ने 'श्यामास्वप्न' में इसे काव्यमय रूप में प्रस्तुत किया था, परन्तु वर्मा जी ने इसे सहज मोहकता दी। साथ ही कथा रस के निर्वाह में इस उपादान को साधक बनाया, यह उनका विशिष्ट योगदान है। वर्मा जी की एक दूसरी विशेषता है जिसे श्री अमृतलाल नागर और श्री श्रीलाल शुक्ल ने अपने-अपने ढंग से अपनाया, वह है अभिलेखों (न केवल राजनीतिक, बल्कि अर्धराजनीतिक और आनुश्रुतिक वाचिक सामग्री) का अच्छी तरह आलोड़न-विलोड़न करके देसी रंग को प्रामाणिक बनाना। वर्मा जी के बाद के उपन्यास अभिलेखों के दबाव में कुछ ज्यादा ही बोझिल हो गये, पर उनकी प्रारम्भिक रचनाओं में सरसता ही प्रमुख रही। इसका एक कारण था, वे वकालत करते थे, इसलिए दस्तावेजों को बहुत बारीकी से पढ़ते थे और उनकी दृष्टि सार्थक मुद्दों पर ही पड़ती थी, पर वकालत के साथ-साथ सैलानीपन को भी वे अपनी जिन्दगी के क्षण अर्पित किये हुए थे। वे जब मौज आयी बीहड़ बुन्देलखण्ड के गढ़ों, टौरियों, जंगलों की सैर के लिए निकल जाते थे और कागजों से जो बातचीत हो चुकी थी, उसका सिलसिला पुरानी बावड़ियों, पुराने महलों और पुरानी स्मृतियों के धरोहरी बड़े-बूढ़ों से चलाते, जीवन के उत्तरकाल में इस दूसरी तरह की बातचीत का सिलसिला कुछ कमता गया, इसी से कागज भारी पड़ता गया। वही बात नागर जी की उपन्यास यात्रा में हुई है। वर्मा जी की तीसरी विशेषता यह है कि वे इतिहास की पुनर्व्याख्या के लिए ऐतिहासिक उपन्यास नहीं लिखते, न इतिहास की मोहासक्ति से प्रेरित होकर लिखते हैं, वे इतिहास के जीवन्त स्पन्दनों को (जो अनुश्रुतियों में बस गये हैं) वाणी देते हैं। तार्किक संगति, रूमानी लाग (यह लाग मोहासक्ति या नास्टैल्जिया नहीं है, यह लाग चित्त की अनुरंजनी दशा है) और लोकजीवन की जातीय स्मृति से तादात्म्य (केवल विश्लेषक की तटस्थ आकलन-बुद्धि नहीं) इस तीन गुणों के समुचित समन्वय से उनकी कृतियों का आकर्षण बस कुछ दूसरे ही प्रकार का है। उनकी रचना बाणभट्ट की इस

कसौटी पर कि कथा वही है जो नयी ब्याहता की तरह राग और कौतुक मन में उपजाये, बस और कुछ न करे, रस से शय्या पर (उक्ति विधान में) स्वयं आ जाय, शैली कथा प्रवाह में साधक हो, पर रस प्रधान हो।

मैंने श्री वृन्दावनलाल वर्मा के कृतित्व के लिए 'कचनार' और 'मृगनयनी' को इसलिए चुना कि इन दोनों उपन्यासों में इतिहास का राजनीतिक पक्ष कुछ साहित्य के आगे दबा हुआ है और इसमें सामान्य आदमी की क्या भूमिका इतिहास के निर्माण में होती है, इसका बहुत ही सही निदर्शन मिलता है। बोधन पंडित, अटल, लाखी, पोटा नटिनी, कला, (राजसिंह की प्रेयसी) की वादी-प्रतिवादी भूमिका 'मृगनयनी' में और मानसिंह, सोनेसाह, ललिता, डरू, बैजनाथ और मंटोलेपुरी की भूमिका 'कचनार' में सामन्ती क्षेत्र में सामान्य जन की कुंठा और कुंठा से उबरने के लिए रचनात्मक और ध्वंसात्मक प्रतिकार की क्षमता के अपने ढंग के अद्भुत निदर्शन हैं। इस दोनों उपन्यासों में पिछले उपन्यासों 'विराटा की पद्मिनी' और 'गढ़कुंडार' की रूमानियत संयत हो गयी है और बाद की ऐतिहासिक कथा सृष्टियों की अभिलेखात्मकता भी आने नहीं पायी है। ये दोनों उपन्यास वर्मा जी की सर्जन शक्ति के सबसे सजीव विग्रह हैं। इन दोनों में वातावरण सृष्टि और अतिरिक्त भार नहीं है, कथा में ही ओत-प्रोत है, कथा ही जैसे वातावरण हो। मुझे ये दोनों उपन्यास वृन्दावनलाल वर्मा के रचनात्मक व्यक्तित्व के सबसे समर्थ प्रमाण लगते हैं, एक तो इन दोनों में रचनाकार में उसका भोक्ता पक्ष पूरी तरह जज़्ब है, दूसरे इन दो उपन्यासों में इतिहास साहित्य के पीछे ही रह जाता है। इन दोनों में मुझे 'कचनार' अधिक कसी हुई रचना लगती है। यह 'मृगनयनी' से पहले रची गयी और मन में तो और भी पहले से रही, शायद मृगनयनी भी जीवन के किसी मोड़ से पहले से जुड़कर मन में रही। इन दोनों उपन्यासों में दो अद्भुत स्त्री पात्र केन्द्र में हैं। दोनों गाँव के निम्नमध्य वर्ग की स्त्रियाँ हैं, समझदार, सजग पर राजनीतिक दांवपेंच से अबोध और दोनों नूरजहाँ की तरह नहीं, भारतीय स्मृति की सावित्री की तरह अपने सहधर्मा की विधायिका शक्ति के रूप में अपने को धीरे-धीरे उन्मीलित करती हैं, कुछ तो घटनाओं के प्रवाह से, कुछ अपने सीधे पर बड़े ही गठे व्यक्तित्व के विकास से।

कचनार निन्नी (मृगनयनी) से कुछ अधिक ही सामान्य है, बेसहारा है और उसकी स्थिति सामाजिक दृष्टि से बहुत ही चिन्तनीय है, उसको अपने निर्णय लेने की छूट है नहीं, तब भी वह निर्णय लेती है और अपने संकल्प को बड़ी कुशलता पर पूरी मधुरता से पूरी करती है। मुझे उसकी सृष्टि कुछ अधिक सार्थक लगती है; शायद मृगनयनी के साथ वर्मा जी की कोई मोहासक्ति रही है, इसलिए मृगनयनी की सम्भावना अर्धविकसित रह गयी है, बांकुरे अटल की बहन, लाखी की सहेली और राई के जंगलों की वनदेवी मृगनयनी इतने संकल्प लेकर ग्वालियर जाती है, कला की अधिष्ठात्री बन जाती है, गूजरी रागिनी बन जाती है; मूर्तिमान् छन्द बन जाती है, पत्थरों में विजड़ित हो जाती है, पर निन्नी (गाँव की अल्हड़ और वीर कन्या निन्नी) की अपेक्षाएं पूरी तरह पूरी नहीं करती। इतिहास के द्वारा

न भरी जगहें तो भरती हैं पर लोक कल्पना के द्वारा अपेक्षित जगहें अनभरी रह जाती हैं।

ठीक इससे कुछ अलग है कचनार। बड़ी सजगता के साथ अपने आराध्य छोटे से राजा को वहां पहुंचाती है, जहाँ वह पहुँचने का कभी स्वप्न भी नहीं देख सकता था, वह जैसे उसके व्यक्तित्व को अपने स्नेह, अपनी संभाल, अपने संयम और अपने संकल्प से नया रचाव देती है। कचनार इतनी गम्भीर है, पर उसकी गम्भीरता आरोपित नहीं है, सामाजिक, आर्थिक और पारिवारिक विषम परिस्थितियों में सीझने से और सीझ कर भी जीते रहने के अपने ढंग से जीते रहने के संकल्प से सहज आयत्त है। इसीलिए मुझे वर्मा जी की कचनार भारतीय कथा साहित्य के प्रख्यात स्त्री पात्रों में, शरत् की राजलक्ष्मी हो, विन्दु हो, कमल गुंसाइन हो, प्रेमचन्द की निर्मला हो, धनिया हो, तमिल कथा साहित्य की कण्णगी हो, जैनेन्द्र की मृणालिनी हो, सुखदा हो, अज्ञेय की 'नदी के द्वीप में' गौरा हो, शेखर : एक जीवनी में शशि हो, रेणु की पवित्रा हो, कचनार सबसे अलग अपनी छाप छोड़ती है, सहज बुद्धि और कठोर संकल्प, मूल्य-निष्ठा और कर्मयोग, विनय और दृढ़ता का वह अपूर्व संगम है। मृगनयनी में भी ये गुण हैं, शायद उसमें संभावनाएं और भी हैं पर कथा के केन्द्र में जितनी कचनार है, उतनी मृगनयनी नहीं, इसलिए असली राजरानी तो बनती है कचनार, मृगनयनी नहीं। राजरानी वास्तविक अर्थ में राजती है हरसिंगार के डंठल के रंग की तरह कचनार। प्रारंभ में ही रूपलालसा वाले अतृप्त युवक मानसिंह को लगता है कि दुलैया जू (कलावती जो बाद में भाभी से पत्नी बन जाती है) को देखते और बात करते कभी जी नहीं अघाता। अत्यन्त सलोनी हैं। घूँघट उघड़ते ही ऐसा लगता है जैसे केसर बिखेर दी हो, कचनार को देखने से ऐसा लगता है जैसे चौक पूर दिया हो। दुलैया जू वशीकरण मंत्र हैं और कचनार टोना उतारने वाला मन्त्र।" मृगनयनी का कथाक्रम कुछ अधिक जटिल है और वर्मा जी ने उस युग की समूची भारतीय तस्वीर उसमें रखी और मानसिंह के व्यक्तित्व को इससे निखार मिलता है, पर घटनाओं का जाल कुछ इतना हावी हो जाता है कि राई की कन्या का योगदान पूरा प्रस्फुटित नहीं हो पाता। एक और बात है, वर्मा जी ने मृगनयनी के माध्यम से जातीय भेदभावना पर चोट भी करनी चाही है, (क्षीण स्वर में 'कचनार' में भी उन्होंने की है) और स्वीकृत व्यवस्था को चुनौती देने वाले लिंगायत आन्दोलन की भूमिका के लिए मृगनयनी और लाखी को आलम्बन बनाया है। इसके जीवन संघर्षों और इनकी विडम्बनाओं को पूरी सहानुभूति दी है; पर वे चोटभर कर पाये हैं, लाखी के उत्सर्ग और मृगनयनी के मौन समर्पण में पूरा समाधान होता है। वहीं कचनार में एक समाधान है, दासी होकर भी, दहेज की सामग्री होकर भी आई कचनार समाधान ढूंढ निकालती है। राजा दलीपसिंह के प्यार के राजकीय अधिकार को अस्वीकृत करती है, यद्यपि उसका राजा की ओर झुकाव है, पर वह नारी का, पूरी नारी का अधिकार चाहती है, वह इतनी संयत और मधुर है कि कोई भी लोलुप दृष्टि उसका कुछ बिगाड़ नहीं पाती। बिना कुछ अतिरिक्त कठोर हुए वह मानसिंह, और मंदोलेपुरी को टाल देती है। महंत अचलपुरी जैसे बहुत ही कुशल, संयत और गंभीर व्यक्ति को मथ कर

रख देती है और वह अभिभूत होकर कहता है-नारी कितनी महान हो सकती है, आज मैंने जाना और मन ही मन इस नारी को अपना गुरु मान लेता है। महन्त अचलपुरी का जीवन बदल जाता है, वह राज्यनियामक की भूमिका छोड़कर आत्मनियामक की भूमिका का वरण करता है। कहीं कुछ अभिमान उसका बचा भी रहा हो, तो वह भी ढह जाता है, जब उसके इस आश्वासन का कि 'दृढ़ नारी का कोई कुछ भी बिगाड़ नहीं सकता। परन्तु मैं देखूंगा' यह उत्तर मिलता है, 'नहीं महाराज, मैं अकेली काफी हूँ।' यहां 'मृगनयनी' से तुलनीय है कि मृगनयनी अपनी जेठ सौत के अपमान का प्रतिकार थोड़े से व्यंगवचनों के द्वारा नहीं कर पाती तो मातृत्व के अधिकार के उत्सर्ग और विशालतर मातृत्व के दायित्व से करती है, जब वह स्वयं लिखती है-"राजसिंह और बालसिंह (मृगनयनी की कोख से पैदा हुए राजकुमार) गद्दी या जागीर के अधिकारी नहीं होंगे," और वर्मा जी के शब्दों में "स्त्री का गौरव, सौन्दर्य, महत्व स्थिरता में है, जैसे उस नदी का जो 'बरसात के' मटमैले, तेज प्रवाह के बाद शरद् ऋतु में नीले जल वाली मंथर गतिगामिनी हो जाती है--दूर से बिल्कुल स्थिर, बहुत पास से प्रगतिशालिनी। इस उपन्यास को वर्मा जी ने कला और कर्त्तव्य के समन्वय में मूर्त्त आकार देने का साधन बनाया, यही उनके रचनाकार से थोड़ा अतिरेक हो गया। रचना किसी भी मूल्य की प्रतिष्ठा का साधन नहीं बनती, वह मूल्य प्रतिष्ठा को जांचती है सही, पर वह स्वयं मूल्य प्रतिष्ठा के द्वारा साध्य है। 'मृगनयनी' उपन्यास इसलिए अधिक सोद्देश्य होने का दावा करते हुए भी उद्देश्य की गहरी छाप उतनी नहीं छोड़ पाता, जितना अनायास रूप से 'कचनार' उपन्यास छाप डालता है, हर युग के समाज के लिए वांछित नारी की गरिमा और उस गरिमा के समाज के हित में सर्जनात्मक विवर्तन के महत्व का।

'मृगनयनी' रचना का कसाव अन्त में कुछ ढीला पड जाता है और कहानी बहुत जल्दी-जल्दी समेट ली जाती है, विजय और बैजू बावरा के प्रसंग अप्रासंगिक हो जाते हैं जब कि कचनार का सुता हुआ कसाव अन्त तक बना रहता है, कथाकार इसमें अपने मुख्य पात्र के आत्मसंयम से इतना आकृष्ट है कि आवश्यक विस्तार के प्रलोभनों से बराबर अपने को बचाये रखता है। मृगनयनी का पूर्वार्ध अपेक्षा करता है कि इस कहानी के इतने आयाम हैं, राजनीतिक उथल-पुथल, उठापटक, सामाजिक आन्दोलन, साधारण प्रजा के दुख-दर्द की नयी चिंता, कला-संस्कृति की नयी अर्थवत्ता की तलाश, कहीं ये सब किसी नए बिंदु में परिणति पायेंगे और रोम्याँ रोलाँ के ज्याँ क्रिस्तोप की-सी राजनीति और सर्जनात्मक शक्ति की-सी संश्लिष्टता देखने को मिलेगी, पर यह आशा पूरी नहीं होती, तो भी 'मृगनयनी' की बुनावट हिन्दी में ही नहीं किसी भी भाषा में एक अपूर्व आकर्षण वाली बुनावट है, जिसमें उपन्यासकार का अपना व्यक्तित्व भी है, अपने मुक्त बुन्देलखंडी परिवेश का सहज उद्धत पर सलोना रागाकुल व्यक्तित्व भी है, और सबसे अलग गहरी ऐतिहासिक समझदारी की जमीन है।

'कचनार' की इतिहास दृष्टि मनोविज्ञान से संश्लिष्ट होकर कुछ दूसरे प्रकार की

मोहकता की सृष्टि करती है। स्मृतिलोप और स्मृति-उद्‌बोधन की रहस्यात्मक स्थिति को कैसे ऐतिहासिक घटना में पिरोकर रखा जा सकता है इसका बहुत ही सशक्त निदर्शन है कचनार। वृन्दावनलाल जी वर्मा में किस्सागोई का जादू नहीं है जो स्व. भगवती बाबू में है या नागर जी में है, पर कहानी को वातावरण देने का जादू तो है ही, जिसके कारण उनकी कहानी केवल काल में ही नहीं, देश के ठेठ देश में पाठक को बरबस सैलानी बना देती है और यह उनका अद्वितीय वैशिष्ट्य है।

पलाश के फूल की दहक : अज्ञेय स्मृति

अपने समकालीन रचनाकारों पर लगभग 60 वर्षों से छाया रहा हो, उसका एकाएक चला जाना एक ऐसा आघात है जिससे तत्काल न उबरकर कुछ कहना सम्भव नहीं है और विशेषकर मेरे लिए, क्योंकि विगत 40 वर्षों से मेरी उनके साथ निकटता रही विचारों की, रुचियों की और यात्राओं की। इतनी लम्बी साझेदारी के बाद अकेले पड़ जाने पर शब्द ही नहीं मिल रहे हैं। हिन्दी ही नहीं, भारत की किसी भी भाषा में प्रतिभा की ऐसी समृद्धि और विविध प्रकार की रचनात्मकता का ऐसा एकत्र संयोग भाई के अलावा मुझे कहीं दिखता नहीं। भावुकता और संयम दोनों को एक साथ उनमें देखा जा सकता था और जितने ही वे अपने को सबसे खींचकर अन्तस्थ कर सकते थे उतने ही वे अपने को बाहर उड़ेल भी सकते थे और अपने अस्तित्व के आलोक से छोटी से छोटी वस्तु की चाहे शंखपुष्पी हो, चाहे वह झरने में बहता हुआ पत्ता हो, चाहे सरसों की डाल हो, सबको उनकी डीठ दुहराती थी। वे अपने आदमियों के लिए भीतर-भीतर से ऐसे आर्द्र थे कि वे मुख से कुछ नहीं कहते थे पर प्रत्येक स्वजन का वियोग उन्हें भीतर से उद्वेलित कर देता था। वे सैलानियों के सैलानी थे और बहुत घरू भी थे। उनकी आत्मीयता का स्पर्श एक बड़ा सजीव स्पर्श था। वे अपनी उपस्थिति से ही रचना की प्रेरणा देते थे। उनके जाने से ऐसा लगता है कि हिन्दी का एक महान साथी चला गया--

जा,
जाना है तो ऐसे जा
या तो गाते-गाते
या फिर तममें जागे-जागे
सहसा पाते
वह जो गाना था, प्रकाश,
वह यह पाया--
यह--हाथ की पहुंच से, बस
तिनका भर आगे !

साझेदारी उनके लिए महत्वपूर्ण है। इसी माने में वे अपने आलोचकों की दृष्टि में अब नये कवि नहीं रहे गये कि वे विच्छिन्न नहीं, एकटाह नहीं, वे पूर्व की अपेक्षा करके ही अपूर्व हैं, स्वतः अपूर्व नहीं।

अज्ञेय की परिणति कृतित्व में निश्शेष उत्सर्ग करनेवाली विशालता भर ही नहीं है सत्य का प्रखर प्रकाश भी है। यह प्रखर इसलिए है कि यह भीतर से आया है इसीलिए वे पश्चिम की समूह संस्कृति पर व्यंग्य कर सकते हैं, यान्त्रिकता के अन्धोन्माद पर आक्रोश व्यक्त कर सकते हैं, मौन में अर्थ पा सकते हैं। अज्ञेय ने भाषा का संस्कार बचपन से पाया था। उनकी भाषा में अनगढ़पन नहीं है, पर संस्कार इतना सहज हो गया है कि बोझिल भी नहीं है। उन्होंने लोकगीत, संस्कृत कविता, जापानी कविता और जाने कहां-कहां से लय का अन्वेषण किया है और अपनी भाव संकुलता के अनुरूप छंद की खोज की है। वे चमत्कारवादी नहीं हैं, पर वे रचना-कौशल को गर्वपूर्वक कवि-कर्म मानते हैं। इसीलिए उनकी रचना में से एक सजग कलाकार बराबर झांकता रहता है। वह कलाकार रचना को आस्वाद्य बनाने में बराबर साधक रहता है। मैं विस्तार से उनके कृतित्व की मीमांसा नहीं करना चाहता, क्योंकि मैं केवल अज्ञेय की कविता को लोगों के निकट लाने का प्रयास करता रहा हूँ। मैं निर्णायक नहीं हूँ, आस्वादक हूँ, और वह भी सामान्य। निर्णय का भार मैं दूसरों को सौंप देता हूं।

यहां मैंने उनके कृतित्व को कविता तक ही सीमित रखा है, क्योंकि कवि के रूप में ही उनका कृतित्व सर्वाधिक बोधगम्य मुझे लगा है। अज्ञेय के कृतित्व का बीज विद्रोह की आंधी और प्रथम प्रण्य की वर्षा के बीच वपन किया गया वह अंकुरित हुआ, 'कतकी पूनों की उन्मादिनी चांदनी की छाया में' और पौधा हुआ 'रौंदे हुए इन्द्रधनुष' के आलोक में। इस पौधे की परिणति है एक ऐसे पेड़ में, जो जितना ही आकाश में ऊपर उठा है, उतना ही उसकी जड़ें नीचे दूर धरती में समायी हैं। बूंद की परिणति सागर की टेर में हुई है। क्रांतिकारी अज्ञेय का हारिल पंथी अभियान क्रमशः परिणत हुआ है साहस में, जो किसी के भी प्रति अन्याय को चुप न सहे, 'सच के आग्रह और निष्ठा की हठ में जिसको अगजग के विरोध का धक्का ढहा न पाये।' बरूज की ओट में प्रथम बार चुम्बन के सुख का हिसाब 'किसी यज्ञ ज्वाला में गिर गया।' 'जीवनानुभूति की पहाड़ियों के बीच विनत कृतज्ञता का आकाश' अर्पित हो गया एक ऐसे पारावार को जिसमें 'ढोलक की थाप', अनकनी बांसुरी, कठफोड़े का ठेका, लहरियों की सरसर ध्वनि, टिटि्टिभ की कांद, बहिया की घरघराहट, झंझा की फुफकार, काले मेघों की चिघाड़, कमल कुमुद पत्रों पर चोर-पैर-द्रुत धावित जलपंछी की चाप, 'यह सारा स्वर सम्भार एकाकार हो गया हो। कवि अज्ञेय के विकास की कहानी समझौते की नहीं, ऐसे पराजय की नहीं, दर्द के अभिमान की नहीं, बल्कि 'अन्धकार की चुनौती स्वीकारने की' और 'प्रकाश के आवाहन पर अपनी दुबली कलौंस भी उघाड़ने' की कहानी है। 'सीमाहीन खुलेपन' के लिए अपने को विसर्ग करने की कहानी है। यह परिणति बहुत क्रमिक है पर इस माने में विस्मयजनक है कि इत्यलम् और

ऐसा घर कहीं देखा है (प्रारम्भिक और अब तक के अन्तिम कविता-संग्रह) की भाव भूमि, अभिव्यक्ति और चित्र-योजना में बहुत ही बड़ा अन्तर है। यदि बीच में और कविता-संग्रह न हों तो हम या तो आंगन के पार द्वार की अज्ञेय की पराजय-गान मान लेंगे या इत्यलम् को निरा बचकानापन। ध्यान से देखने पर अज्ञेय की कविता के चार चरण दिखते हैं। पहला है विद्रोह और हताशा का, दूसरा है अपने भीतर शक्ति-संचय का, तीसरा है बिना किसी आशा के आत्मदान में सार्थकता पाने का और चौथा है मानवीय दायित्व बोध के साथ-साथ भारतीय अस्मिता की पहचान का। पहले चरण की रचनाएं हैं चिन्ता और इत्यलम्, दूसरे चरण में आती हैं हरी घास पर क्षण भर, बावरा अहेरी और इन्द्रधनु रौंदे हुए ये की कविताएं, तीसरी में अरी ओ करुणामय प्रभामय, आंगन के पार द्वार तथा कितनी नावों में कितनी बार की कविताएं और चौथे में क्योंकि मैं उसे जानता हूं सागर मुद्रा और पहले मैं सन्नाटा बुनता हूं तथा बाद की कविताएं।

मैं कविता का एक सामान्य पाठक हूं। प्रत्येक देश और प्रत्येक युग की जो सबसे सही अभिव्यक्ति हो सकती है, उसी को मैं कविता मानता हूँ। यह भी मानता हूँ कि कविता के रूप में ही उस देश या युग की अभिव्यक्ति अपने से भिन्न देश या युग की अभिव्यक्ति से जुड़ी हुई है। इसीलिए मुझे वही कविता प्रिय लगती है जो एक साथ अनेक युगों और अनेक देश के संवेदनों को अपने परस से फिर से जिला देती है। कविता का सत्य कवि के आंसू में गलता है, रक्त पर पलता है, अनुभव के दाह पर क्षण-क्षण उकसती कवि की अशमित चिता पर उसके साथ जलता है और तब फिर कवि की विभूति बन जाता है। कविता 'अरे यायावर, रहेगा याद।' की तमक-भर भी नहीं है, वह नहीं, फिर आना नहीं होगा, 'की तर्कातीत निश्चलता भी है।' अज्ञेय की कविता मुझे इसलिए प्रिय है कि वह जहां कहीं वक्तृता के प्रभा से या सफाई के आग्रह से मुक्त है, शुद्ध कविता है। युग उसमें है, पर व्यक्ति के माध्यम से, देश उसमें है, पर किसी आलोकित आकाश के माध्यम से। दर्प उसमें है, ध्वंस या निर्माण का नहीं, अपनी किरण के दुलार का। बिम्बों का वैचित्र्य भी नये परिचय का रस देता है, वही दीप, वही मुकुल, वही कोकनद, वही सागर, वही लहर, वही नैवेद्य, वही आहुति अज्ञेय की कविता में नया प्राण पा जाते हैं। मैं अज्ञेय में नूतनता का अन्वेषण में नहीं बल्कि जीर्णता में भी पलाश के फूल की नयी दहक देखता हूं। यह दहक आज उनके न होने पर भी जीवन्त है और रहेगी भी।

गंगा : देश की प्राण नाड़ी

हमारे योजनाप्रेमी देश में पर्यावरण की रक्षा की योजना बहुत पहले ही बननी शुरू हो गयी, स्टाकहोम सम्मेलन में आज से दशक से अधिक पूर्व भारत की तत्कालीन प्रधानमंत्री ने पर्यावरण-रक्षा की चेतना की बात उठायी थी और विकसित देशों से मांग की थी कि वे अपने बाहर के विश्व के पर्यावरण की भी चिन्ता करें। इसी क्रम में कई आन्दोलन हुए, चिपको आन्दोलन ने हिमालय के बनों की रक्षा की बात की, उसको अखबारी समर्थन मिला। केरल में शान्त घाटी (साइलेंट वैली) की रक्षा के लिए आन्दोलन चला, केन्द्रीय सरकार ने वहां हस्तक्षेप किया। प्रकृति में सन्तुलन बनाये रखने के लिए कितने अरण्य अभ्यारण्य घोषित हुए। अंत में गंगा की रक्षा के लिए एक समग्र योजना की घोषणा की गयी। कुछ महत्वपूर्ण स्थानों पर गंगा के जल की शुचिता बनाये रखने के लिए उसमें गिरने वाले दूषित पदार्थों के निस्तारण की वैकल्पिक व्यवस्था के लिए कुछ करोड़ में रुपये खर्च हुए, पर अभी तक मेरे जैसे साधारण आदमी की दृष्टि में गुणात्मक परिवर्तन दिखायी नहीं पड़ता।

मैंने इस समस्या पर गहराई से सोचा, कई बार मन में यह भी संकल्प हुआ कि गंगा भारत की प्राणनाड़ी है इसके लिए जीवन उत्सर्ग करना पड़े तो करना चाहिए, केवल कागज़ी चेतना से काम नहीं चलेगा। एक समूह तैयार करना होगा जो गंगा के और उसमें मिलने वाली नदियों के स्रोत से ही मनुष्य की धन-लोलुपता और भविष्य के प्रति अचेतनता के कारण जो कुछ विनाशकारी कार्य हो रहे हैं, उनको रोकने के लिए धरने का कार्यक्रम चलाना चाहिए। यह भी सोचा कि कई ऐसे मुद्दे हैं जो वर्त्तमान पर्यावरण विधियों के अधीन भी सर्वोच्च न्यायालय में सार्वजनिक हित में उठाये जा सकते हैं, इसके लिए स्वयं-सेवी विधि विशेषज्ञों की टोली तैयार करनी चाहिए। काशी में एक संस्था है, उसको भी गतिशील बनाने की बात सोची। परन्तु अभी कुछ भी हो न सका। उसके कारण कई हैं, पर सबसे बड़ा कारण यह है कि हमारा जातीय मन कहीं मर रहा है, गंगा के लिए हम बौद्रिक स्तर पर सोचते हैं और तब ऋण-धन का हिसाब लगाते हैं, गंगा को निर्मल बनाने की बात सोचते हैं मानो गंगा केवल भौतिक पदार्थ हो, इतने बड़े देश की हजार-हज़ार वर्षों

की साधना, तपस्या और भावना के सूक्ष्म कणों से बनी हुई गंगा की सूक्ष्म शक्ति का जैसे कोई महत्व न हो। हम अपने मन को निर्मल बनाने की बात नहीं सोचते कि कहीं नदियों, पर्वतों, वनों, निर्झरों के प्रति हमारा भाव कुछ गंदला हो गया है, हम इन्हें अपनी ऊर्जा के स्रोत के रूप में या अपनी निरन्तरता, अपनी ऊर्ध्वगामिता और अपनी समष्टि चेतना का साकार शिखर न मानकर इन्हें सम्पदा के रूप में उपभोग्य वस्तु के रूप में विहार-साधन के रूप में देखने लगे हैं। ऐसा ही मन हिसाब लगाता है कि गंगा में दूपित जल रासायनिक प्रक्रिया से शुद्ध किया जाय और उसका कचरा औद्योगिक उपयोग में लाया जाय, जिससे कचरा भी एक कमाऊ उद्योग बन जाय। यह सोच बहुत ही खतरनाक है, क्योंकि तब फिर गंगा की चिन्ता भूल जायेगी, बस कचरे के उत्पादन की चिन्ता प्रमुख हो जायेगी। यह सब हम इसीलिए सोचते हैं कि हम बुद्धिवादी जाल में फंसे हुए हैं कि गंगा एक नदी है, जड़ पदार्थ है, संयोग से उसमें हिमालय की ओषधियों की जड़ों का कुछ रस जाता है, कुछ और रासायनिक प्रक्रियाएं होती हैं, उसकी धारा में आत्मशोध शक्ति अनुपात में दूसरी नदियों से ज्यादा है। वह सिंचाई का साधन है और पुरातत्व का ही प्रमाण लें, कम से कम 8000 वर्षों से वह बहुत बड़े भू भाग की उर्वरता बनाये हुए है, अपने जल से, अपनी मिट्टी से, हम इतना सोच सकते हैं कि इस सम्पदा के दोहन पर ऐसा नियंत्रण लगायें की सम्पदा चुक न पाये, पर हम यही नहीं सोच सकते कि गंगा सम्पदा ही नहीं कुछ और भी है।

वह गंगा क्या है, इसे समझने के लिए एक ऐसा मन चाहिए जो इतिहास से अधिक पुराण को विश्वसनीय मानता है, वह समग्र दृष्टि से मनुष्य और प्रकृति को एक दूसरे में ओतप्रोत देखता है, वह मानवीय रिश्तों में प्रकृति को आबद्ध करता है। वह रहीम की तरह कहीं पैदा हो, किसीं मजहब में पैदा हो सोचता है, गंगा तो विराट् नारायण भाव की सेवा और तप का पिघलन है, जिसे ब्रह्मा का ज्ञान कमंडल नहीं संभाल पाता, जिसे शिव का जटाजूट भी नहीं रोक पाता, सेवा और तप से पिघला हुआ पदार्थ असंख्य-असंख्य चर-अचर जीवों को तारने और सन्तप्त करने के लिए उमह पड़ता है। हिमालय की जटों की लट सरीखी पर्वत श्रेणियां इस पिघली धारा को रोक नहीं पातीं, हिमालय की जगी हुई शीतलता और आकाश-चुम्बी गरिमा नहीं रोक पाती, वह शिखरों की ऊँचाई का आकर्पण, देवदारु वनों से गुजरती हुई सुरभित बयार नहीं रोक पाती, वह देवताओं के बीच में जनमी, पली देवताओं के रोके नहीं रुकती, स्वयं एक महान् देश की महादेवता बन जाती है क्योंकि वह इस देश का सामान्य धर्म बन जाती है, जियो दूसरों के लिए जियो, दूसरों को लेकर जियो।

रहीम यह कह सकते थे--

अच्युत चरण तंरगिनी हरसिर मालतिमाल।
हरि न बनायो सुरसरि कीजै इन्दव भाल।।

तुम विष्णु के चरणों की द्रव हो, उन्हीं चरणों से निकली हो, तुम शिव के शिर में गुंथी हुई

मालती की माला हो, तुम्हारे किनारे शरीर छूटेगा तो एक न एक तो होना ही है, शिवरूप हों या विष्णु रूप पर मां तुम शिवरूप देना विष्णुरूप नहीं। तुम सिर पर विराजना। ऐसे मन वाला आदमी गंगा में पैर रखने के पहले, जल माथे लगाता है, बड़े ही विनम्र समर्पित भाव से जल में प्रवेश करता है, केलि के लिए नहीं, निमज्जन के लिए, अपने शरीर के मल छुड़ाने के लिए नहीं, स्नान के सुख के लिए नहीं, मन की पवित्रता के लिए, ऐसी पवित्रता के लिए, जिसमें सबका हित अपना हित होता है, "सुरसरि सम सब कर हित होहू"।

ऐसी पवित्रता से एकाकार होना ही गंगा-स्नान का लक्ष्य है। गंगा के पास आदमी आता है अपनी आपूर्ति पाने के लिए, गंगा सब अधूरापन अपने बहाव से पूरा कर देती है, गंगा एक अनविच्छन्न आहुति का आमंत्रण है, यह जीवन लोक के लिए अर्पित होने के लिए, इसी में अधूरे जीवन की पूर्त्ति है, यही सबसे बड़ा साकल्य है।

ऐसा मन जीवन के अन्तिम क्षण में द्विजेन्द्रलाल राय की तरह सोचता है कि उस क्षण में मां तुम्हारे जल का कलरव कानों को भरे, तुम्हारे जल के छींटें रोमांच बन जायें, तुम्हारा जल आँखों का जुड़ाव बन जाय, तुम्हारे स्पर्श से पुलकित हवा मेरे प्राणों की प्राण वन जाय, बस वह क्षण जीवन का साकल्य बन जायेगा। ऐसा मन दुर्भाग्य से मेरा भी है और असंख्य ऐसे लोगों का है जिनके पास तथाकथित समझदारी का भाव नहीं है।

ऐसे ही मन से कुछ प्रश्न उठाना चाहता हूं, इनका उत्तर हमें चाहिए। पहला प्रश्न यह है कि गंगा की मुख्य धारा इसलिए है कि उसमें संवहन-क्षमता है (कैरीइंग पॉवर), यह क्षमता कम करने का अधिकार किसी को नहीं होना चाहिए, अतः जितना जलसंभार मिलता रहा है, उतना लोगों को मिलते रहना चाहिए, पर ऐसा नहीं हो रहा है। विगत बीस वर्षों में गंगा का जलसंभार प्रयाग, काशी जैसे स्थानों में काफी घटता रहा है। इस तटवासियों के जलाधिकार को कौन सुरक्षित करेगा ? क्या इसके लिए सार्वजनिक हित का मुद्दा सर्वोच्च न्यायालय में नहीं उठाया जाना चाहिए ?

दूसरा प्रश्न यह है कि औद्योगिक कचरा डालने वाले उपक्रमों पर कार्रवाई में शिथिलता क्यों है, पर्यावरण कानून इतना कड़ा क्यों नहीं है कि इसका उल्लंघन गम्भीर सार्वजमिक अपराध माना जाय। उद्योगपतियों की अभिसन्धि का ही फल है कि कागज़ की आवश्यकता की वृद्धि के नाम पर रसशोषक पेड़ों की बढ़ती हो रही है जो पृथ्वी को कुछ देते नहीं और उल्टे भूगर्भ का जल खींच लेते हैं और कागज बनाने के लिए उपयुक्त रसायनों के कचरों से नदियाँ दूषित हो रही हैं, तापी, सोन, नर्मदा का जल देखा नहीं जाता। इन्हीं उद्योगपतियों की लाभलोलुपता के कारण रासायनिक कचरे के निस्तारण की केवल कागजी कार्रवाई होती है, कोई प्रभावी कदम नहीं उठाया गया है। इस समस्या के समाधान के लिए सर्वोच्च न्यायालय ने नोटिसें जारी की हैं, पर अभी तक कोई प्रतिफल दिखायी नहीं पड़ा है।

तीसरा प्रश्न महानगरों की दूषित मल-प्रणालियों के निस्तारण से सम्बद्ध है। वाराणसी में कहा गया है कि मलजल को अन्यत्र ले जाकर संशोधित किया जायगा, पर

अन्तरिम काल में पंप से नालियों का जल निकालकर ऊपर फेंका जायेगा, नदी में जाने से रोका जायेगा। वास्तविकता यह है कि न तो पंप बारहों महीने काम करते हैं, न दूषित जल का गिरना रुका है। एक समय था कि काशी के भीतर निपटते तक नहीं थे, अशुचि वस्त्र पहनकर जल में प्रवेश नहीं करते थे, गंगा के किनारे कहीं भी साबुन लगाने वाले दिखते थे तो उनकी बड़ी फजीहत होती थी। आज घाट सभी धोबीघाट हो गये हैं और महानगरों के सीमा से अधिक विस्तार से पुरानी दूपित जलप्रणालियां अवरुद्ध होने लगी हैं, इतना प्रदूपण का संचार है और जल का संचार निरन्तर क्षीणप्राण है। नदी की गहराई पेड़ों के कटने से सिल्ट के भराव से कम होती जा रही है, जंगलों के नाश से हिमालय की वनौपधियों के सर्वनाश के कारण ओपधियों का शोधक रस भी नहीं मिल रहा है। हम यह अनुभव नहीं कर पा रहे हैं कि कैसी घुटन में है हमारी जातीय जीवन धारा। हम सतही उपाय कर रहे हैं, उसमें भी विलम्ब लगा रहे हैं। अकेले शासन के भरोसे कैसे रहा जाय। शासन के लिए गंगा की समग्रता का कोई महत्व नहीं है, वह सांस्कृतिक स्मृति मात्र है। वह जीवन की प्रत्यक्ष अपरिहार्यता नहीं है। होगी भी नहीं जब तक शासन को चुनने वाला सचेत नहीं है।

गांधी जी की राजनीति के उत्तराधिकारियों को तो अपनी पूरी आर्थिक-सांस्कृतिक नीति ही ऐसी रखनी चाहिए थी जो यूरोप की ग्रीन पार्टियों के समकक्ष होती, पर अब उपभोक्ता अपसंस्कृति के इस तरह फैल जाने के बाद आवश्यकता है कि एक ग्रीन पार्टी जैसी भारतीय आवश्यकताओं और भावनाओं के अनुरूप पार्टी बने, जो सत्तासीन होने के लिए नहीं सत्तासीनों को बड़ी सजगता से खबर लेने के उद्देश्य से बने और सम्पूर्ण जीवन की सुरक्षा का नारा उठाये, अलग-अलग टुकड़ों में अभयारण्य न बनाये, इस समय सम्पूर्ण जीवन विनाश के भय से ग्रस्त है केवल गंगा ही नहीं, यह भाव लाने वाली राजनीतिक चेतना उत्पन्न करना जरूरी हो गया है। तभी कुछ कारगर कदम सरकारें उठायेंगी और लोग उठायेंगे।

विकास की सार्थकता और विशालतर प्रयोजन

हम जिस जमाने में हैं उसमें हिन्दुस्तान में खासकर एक शब्द चल पड़ा है 'साइन्टिफिक'। कभी-कभी यह शब्द बड़ी उलझन में डालता है, कि वैज्ञानिक मनोवृत्ति किस जमाने की है। कहीं वैज्ञानिक मनोवृत्ति रूढ़ रूप में तो नहीं है ? कहीं वैज्ञानिक मनोवृत्ति के नाम पर वही चिंतन तो नहीं है जो वस्तुओं को विभक्त, परस्पर विरोधी रूप में देखता है, वही चिंतन तो नहीं है जो मनुष्य को सृष्टि के केन्द्र में अधिष्ठित मानता है, और सब चीजों को पूर्व-नियत मानता है, इसलिए मनुष्य में पूर्वनियन्त्रण का असीम अधिकार निहित मानता है, मनुष्य को विकास की चरम कड़ी मानता है, उसके विकास के बाद विकास की चरितार्थता समाप्त हो जाती है, कहीं वही सीमित वैज्ञानिक मनोभाव है, या इस शताब्दी का, केवल पश्चिम का नहीं, समस्त विश्व का, एक नया वैज्ञानिक मनोभाव है, जो वस्तुओं की परस्पर अवलंबिता, परस्पर पूरकता (कम्पलीमेंटरिटी) पर बल देता है, जो इस पर बल देता है कि कहीं-कहीं पूर्व नियति की समाप्ति होती है, कुछ चीजें बच जाती हैं जो पूर्व-नियत नहीं हो सकती हैं, इंडिटर्मिनेसी पर बल देता है, जो इस पर बल देता है कि आदमी जब देखता है तो उस देखने के कारण उस वस्तु में परिवर्तन होता है। इस मनोभाव ने निरी वस्तु कोई नहीं होती देखने वाला उसमें रहता है। इसलिए किसी भी चीज का पूरा दर्शन नहीं होता। एक समय कुछ दिखाई पड़ता है, एक समय दूसरा आयाम दिखाई पड़ता है। एक समय काल दिखाई पड़ता है तो दूसरे समय देश दिखाई पड़ता है। ये दोनों विरोधी नहीं हैं, एक दूसरे के पूरक हैं। कौन-सा वैज्ञानिक मनोभाव ग्राह्य है, वह वैज्ञानिक मनोभाव जो शक्ति के केन्द्रीकरण की ओर ले गया, जिसने अनियोजित और अविवेकपूर्ण औद्योगिक विकास किया, जिसने एक विशेष प्रकार की उपभोक्ता संस्कृति को जन्म दिया, जिसने तकनीकी पर मनुष्य को अवलंबित होने दिया था, जिसने भीतर से सोचने के लिए कुरेदा हमको कि तकनीकी कहां तक, क्या उसके लिए मनुष्य है या मनुष्य तकनीकी के लिए है।

इस रूप में सोच सृष्टि मात्र केवल हमारी उपभोग्य है, पूरी दुनिया उपभोग्य है, प्रकृति विजेय है, हम विजेता हैं, गलत धारणा है, क्योंकि जब हम इन धारणाओं से

हां भी पहुंचता है
निरन्तर ज्ञान की
ानी नहीं गयी है।
में हैं कि हम उस
स्तित्वहीन नहीं है
यह प्रकाश हमें
तान के संदर्भ में
वन भाव की बात
भोक्ता सभ्यता में
की मात्रा से यदि
कोई व्यक्ति इस
में कितने टी.वी.
परिमापन किया
कितना दूध हजम
ात उपभोग केवल
रें तो बचेगा कहाँ,
ापकी आवश्यकता
ो चाहिए , समस्त
श्यकता सही नहीं
ौर जब तकनीकी
ा पढ़ते रहते हैं,
जीवन का संकट,
राने वाली सामग्री
के ऊपर नियंत्रण
ृष्टि से अगर हम
ार उपभोक्ता की
कि अहम् अन्नः
वाला नहीं हूँ, मैं
में भी खाया जा
क ही व्यक्ति में है
है वह जीवन को
प्राणी कुछ अलग
जीवन हैं, इस रूप
स एकसूत्रता की

ुतना वह हमें हराती जाती है, तोड़ती
जाते हैं, विपन्नतर होते जाते हैं, हम
से नहीं कि उपभोग की सामग्री कम
ारा भाव एक दूसरे प्रकार का हो रहा
ही विखंडित हो रही है। चेतनता ही
जब हम नियंत्रण की बात करते हैं तो
ग्रस्त हो रहा है, क्योंकि जो इस प्रकार
गा मनुष्य को, एक सुपरमैन की रचना
तक सीमित नहीं रहेगा। जब कई
रमैन की कल्पना करेगा। और फिर
है ? ऐसी स्थिति है ? हिन्दुस्तान में,
सम्मान के साथ स्वीकार की जाती है,
ना, चलना-फिरना एक परनियंत्रित ढंग
हसास भी होता है, लेकिन हम जिस
निक मनोभाव के नाम पर एक गहराई
कैस वैज्ञानिक मनोभाव को हिन्दुस्तान
ंक दिया गया है, तिरस्कृत किया जा
जिसका अनुभव करके मनुष्य संपूर्ण
मनुष्य की नहीं और सोचने लगा है
गुंथा हुआ है, एक दूसरे पर अवलंबित
हीं छोटे से जीव का नाश होता है तो
इस चिंतन से हम प्रभावित हो रहे हैं
ूप से हमारे असंख्य-असंख्य ग्रामवासी
से अपने आचरण में, अपने विश्वास में
किसी जाति या किसी मजहब की बात
हेन्दुस्तान का ही आदमी नहीं, एक पूरे
है, जो इस रूप में ही लेता रहा है कि
क्षुद्र का भी महत्व है। और उसके पास
ी के पास है, वह अद्वितीय है और उसे
ामन होकर तत्पर रहना चाहिए, अपना
सी वैज्ञानिक रूढ़ि का, ऐसे वैज्ञानिक
ज्ञान वहीं तक है, इसके आगे नहीं है।
नेति-नेति की भी बात करते हैं, तर्क के
स्वयं में ही तर्कहीन नहीं है। तर्क करना

मनुष्य के स्वभाव में है, मनुष्य का अभिलक्षण है, लेकिन तर्क से मनुष्य
कि कुछ बच जाता है जो तर्क से परे है। और यह पहुंचना ही मनुष्य की
यात्रा है, तर्क करके ऐसे बिन्दु पर पहुंचना कि अभी कुछ चीज है जो
त्रिपादस्यामृतं दिवि, अभी तीन चरण ऐसे हैं जो प्रकाश के ऐसे घेरे
प्रकाश को भेद नहीं सकते, एक ही चरण हम जान पा रहे हैं वह भाग
और उसका अस्तित्व न हो तो ये जो प्रकाश दिखाई पड़ता है, उ
आलोकित करता है वह प्रकाश आलोकित न करता। इसलिए हिन्दु
वैज्ञानिक मनोभाव की बात करते समय इसमें रहने वाले एक सहज उ
भी करनी चाहिए, यह भी उतनी ही प्रासंगिक है। बल्कि आज की उ
विशेष रूप से प्रासंगिक है। उपभोग की सामग्री के परिमाण से, उर
सभ्यता का या उच्चतर जीवनमान का परिमापन किया जायेगा, यदि
आधार पर सभ्य समझा जायेगा कि कितना उपभोग करता है, उसके घ
हैं उसके घर में वी. सी. आर हैं, यह चीज वह चीज है, उसे अग
जायेगा, कितना चीनी हजम करता है, कितना पानी हजम करता है,
करता है तो जैसा कि आप जानते हैं सारे विश्व का लगभग 40 प्रति
अमेरिका अकेले करता है, अगर उसी अनुपात में हम अगर उपभोग क
होगा कहाँ, मिलेगा कहाँ। उस उपभोग की कोई सीमा होनी चाहिए।
की कोई सीमा होनी चाहिए, सबकी न्यूनतम आवश्यकता की पहचान हो
जीवन का ध्यान रखते हुए कौन-सी सही आवश्यकता है, कौन-सी आ
है, यह पहचान हो, तभी उचित तकनीक की भी पहचान हो सकती है।
विकास में बहुत सारे प्रश्न खड़े किये हैं जिनके बारे में अखबारों में
अखबारों का एक तरह से फैशन हो गया है, पर्यावरण का प्रदूषण,
संसाधन सामग्री का चुकना आदि तमाम चीजों के बारे में चौंकाने
देना। पश्चिमी मन वालों की जो यह दृष्टि है कि हम इसलिए उपभो
करें कि हमारे उपभोग के लिए कुछ बचा रहे, गलत दृष्टि है। इस
देखते हैं तो निश्चय ही उपभोक्ता की दृष्टि है। जरा कुछ अधिक समझ
दृष्टि है। लेकिन अगर इस दृष्टि से देखें, वैदिक गति की दृष्टि से दे
अहम् अन्नादः, मैं ही अन्न हूँ और मैं ही अन्नाद हूँ। मैं केवल अन्न ख
अन्न भी हूँ, मैं स्वयं खाया जा रहा हूं, अर्थात् जो खा रहा है खाते स
रहा हूँ, मैं भी उपभोज्य हूँ, मैं भी वस्तु हूं, वस्तु होना उपभोक्ता होना
तो यह समझ एक दूसरे प्रकार की समझ है। इस दृष्टि से जो सोचत
विभक्त रूप में नहीं सोचता है। ये वनस्पति कुछ अलग जीवन हैं,
जीवन हैं, ये मनुष्येतर प्राणी कुछ अलग जीवन हैं, ये मनुष्य कुछ अलग
में नहीं सोचता है, सारा जीवन एक है, इसमें एकसूत्रता है, और

पहचान करनी चाहिए। और इस पहचान के लिए जो दार्शनिक पृष्ठभूमि हमारे पास सहज चेतना में उपलब्ध है, उसको हम अगर भूल चुके हैं पर दूसरे लोग हमारे ही देश में अचेत ही अवस्था में सही याद किये हुए हैं, या न याद किये हुए हैं उसे किसी न किसी रूप में परिलक्षित करते रहते हैं, अपने आचरण से, मामूली आचरण से कि रात में फूल नहीं तोड़ेंगे, हरा पेड़ नहीं काटेंगे। वह आचरण इसी से प्रभावित है कि किसी स्वप्नावस्था में पड़े हुए जीवन को छेड़ना नहीं चाहिए। उससे उसके जागरण के समय हम पा सकते हैं। हमें इस समय को फिर से पाना चाहिए और यही सही वैज्ञानिक मनोभाव होगा। और इस वैज्ञानिक मनोभाव के उभरने पर हमारा तकनीकी विकास उससे परिचालित होगा। तकनीकी हमेशा रही है और रहेगी, उसे रोका नहीं जा सकता है। मनुष्य की यात्रा जहाँ आगे जाती है, उसे पीछे नहीं ले लाया जा सकता है। हम अपने जीवन-क्रम को इस रूप में नहीं बदल सकते हैं कि आवश्यकताएं न रहें। हाँ उस तकनीकी यंत्रजाल के प्रति हमारा मनोभाव कैसा हो, यह विचारणीय है और यही हमारे मानव विवेक की भूमिका है। वह तकनीकी यंत्रजाल साधन है, वह तकलीनी यंत्रजाल हमारे लिए विवश करने वाली वस्तु है ? वह तकनीकी यंत्रजाल हमारे जीवन रस को सुखाने वाला है ? ऐसा है कि हमारे जीवन क्रम को ऐसे नियंत्रण में लेने वाला है कि हम विवश हो जायें, हम पंगु हो जायें, तो किस काम का यह तंत्रजाल ? ऐसी सुविधाएं किस काम की, जब आज मनोरंजन भी एक यंत्र की तरह से करते हैं कि आपको अमुक दिन मनोरंजन के लिए निकलना है, इतना काम करना है, समुद्रतट पर डेट पर जाना ही जाना है, शुक्रवार की संध्या को और सोचना है, थैंक गाड इट इज ओवर, ईश्वर को धन्यवाद, तनावपूर्ण मौजमस्ती खत्म हुई। वह कैसा मनोरंजन है ? आप सोचिए कि आपका देश और आप जैसे सभी देशों में (कोई खास हिन्दुस्तानी विचारधारा को आरोपित करके बात नहीं कर रहा हूँ) विश्व मात्र के मनुष्य की सचेत प्राणी की एक भीतरी पुकार है, उसी की बात कर रहा हूँ, विज्ञान का प्रयोजन क्या होना चाहिए, शक्ति का केन्द्रीकरण, सूचनाओं का केन्द्रीकरण क्या हमारे लिए वांछनीय है या हमारे लिए वांछनीय नहीं है। यदि अपने आप सोच सकें कि हमारे लिए वांछनीय है कि नहीं है और इसकी आवश्यकता है तो दूसरे की आवश्यकता काट करके है या दूसरे की आवश्यकता कम करके है या दूसरे की आवश्यकता का निर्वाह करते हुए है तो अपने विवेक का परिचय देंगे। अगर यह सोचना आपमें हममें नहीं है तो निश्चय ही सुविधाओं का केन्द्रीकरण ही होगा, जैसा कि हो रहा है। अभी उस पर रोक नहीं है। शक्ति का केन्द्रीकरण ही होगा, उसकी होड़ होगी। प्रतिस्पर्धा होगी, उस प्रतिस्पर्धा में निश्चय ही कुछ शस्त्रास्त्र अधिक बनेंगे। इसलिए नहीं कि किसी के ऊपर आक्रमण करना है। इसलिए कि एक दूसरे की शक्ति से भयंकर भय घेरे हुए है। अस्त्र-शस्त्रों का निर्माण, इसके ऊपर सारे धन का, सारे संसाधन का व्यय, सब उसी तरह यह विनियोजन किसलिए है ? एक अनावश्यक त्रास भय के कारण है, जो होना नहीं चाहिए। वस्तुतः किसी से भी भय नहीं है, किसी से भी त्रास नहीं है। त्रास तो भीतर ही

रहता है। इसलिए 21वीं शताब्दी की बात और वैज्ञानिक मनोभाव की बात को नारे से हटाकर हम अपने लिए अपने आप सोचें कि क्या उचित है और हम जहाँ हैं जिस रस से हमारा पालन हुआ है, रस की भी कोई मांग होती है। जिन वनस्पतियों के बीच में रहते हैं, जिन प्राकृतिक परिवेशों के बीच में रहते हैं, उनकी भी कुछ मांग होती है, पुकार होती है, वह जड़ की पुकार नहीं है। जड़ नाम की कोई सत्ता नहीं है। जड़ आदमी की दृष्टि ही हो सकती है, नहीं तो कोई जड़ नहीं होता। चैतन्य का उन्मीलन सबमें होता है। हां, एक विशेष प्रकार का चैतन्य, स्मृति से विशेष संवलित चैतन्य होता है मनुष्य के मन में और इसीलिए उसका कर्तव्य कुछ अधिक होता है। उसका कर्तव्य यह सोचने का होता है कि सबकी साझेदारी ठीक तरह से सुरक्षित हो, यह हम मनुष्यों का कर्तव्य है, इसका पालन गाय-बैल नहीं कर सकते, पेड़ नहीं कर सकते, यह मनुष्य ही कर सकता है कि इन सबको उसका प्राप्य, उचित प्राप्य, उचित पोषण मिले। इसलिए जिस नये वैज्ञानिक मनोभाव की आवश्यकता इस देश को है, वह वैज्ञानिक मनोभाव यही होगा और इसे परिलक्षित होना चाहिए हमारी शिक्षा में, सूचना से दबी हुई शिक्षा में, (सूचना के भार से दबी हुई, रटने के भार से दबी हुई शिक्षा में) हम अनजाने ऑब्जेक्टिव (वस्तुपरक) होने के नाम पर इतने निर्मम, इतने अवास्तविक (इतने अनरियल) होते जा रहे हैं कि हम भूलते जा रहे हैं कि जीवन इस प्रकार की कोटियों में, इस प्रकार की जड़ कोटियों में बांटा नहीं जा सकता है, वह इसके परे है। हम आकल्पित विश्लेषण की सीमा समझें कि इसकी कोई उपयोगिता बस इस हद तक है, जैसे रेखा की एकायामी परिभाषा के बावजूद अशुद्ध रेखा की गणित में उपयोगिता होती है। आप रेखा खींच नहीं सकते, उस परिभाषा के अनुसार गलत रेखा से काम चलाते हैं, गलत बिंदु से काम चलाते हैं। काम चल जाता है। पर यदि वह धारणा रेखा और बिंदु के संबंध में स्पष्ट आपके सामने न रहें तो आगे जब आप जायेंगे तो आपको संकट होगा। आगे के ज्ञान में वह रोड़ा होगा। उसी प्रकार ये सारी चीजें सीमित महत्व की हैं। इस सीमा की पहचान अगर शिक्षा नहीं दे सकती है तो वह शिक्षा किसी काम की नहीं है। बहुत दुर्भाग्य की बात है कि हम उस सीमा को पहचानवाने के लिए कोई भी उपक्रम अपने देश में नहीं कर रहे हैं। न हमारी शिक्षा नीति में यह परिलक्षित है, न हमारे अध्ययन-अध्यापन की प्रणाली में परिलक्षित है।

जानने का उद्देश्य क्या होता है ? और जानना अपने आपमें क्यों बड़ा उद्देश्य होता है ? इसलिए होता है कि आदमी जानकर कुछ विशिष्ट हो जाता है, नहीं, बल्कि इसलिए कि वह जानकर के ही साधारण की पहचान विशेष रूप में पाता है। साधारण की पहचान पा जाना, साधारण धर्मों की पहचान पा जाना, स्वभावों की पहचान पा जाना, साधारण चेतना-प्रवाह की पहचान पा जाना, छोटा लक्ष्य नहीं है, बहुत बड़ा लक्ष्य है। यह जानते हुए बिना एकता का नारा लगाये बिना एक राजनीतिक शक्ति की एकता का नारा लगाये, हम अपने आप एक होते हैं, अनेकरूप रहते हुए भी। और तब यह न भूलिए कि जिस प्रकार की शिक्षा हमको दी जा रही है, वह एकता पर बल नहीं देती, एकरूपता पर

बल देती है ताकि एक भयंकर किस्म की एकरूपता--एक से मकान, एक से कपड़े, एक सा भोजन हो जाय, सब विविधताएं नष्ट हो जायें, एक-सी डिजाइन रहें, दूसरी डिज़ाइनें नष्ट हो जायें। आपको तमाम तरह के बीजू आम नहीं मिलेंगे, कुछ चुने हुए कलमी आम मिलेंगे। तमाम तरह के धान नहीं मिलेंगे, कुछ चुने हुए बीजगणितों के नाम रखे हुए, धान मिलेंगे। बहुविधता नष्ट होकर ही एकरूपता आती है। यही समूह उत्पादन की तत्काल लाभकारक दृष्टि है। समूह उत्पादन में इसी से सुविधा होती है। यही खतरा है तकनीकी विकास का, जिससे कि एक बहुत बड़ी समृद्धि से मनुष्य वंचित हो जाता है और मनुष्य के तरह-तरह से सोचने में जो अनेक विविधसौंदर्य है और उस सौंदर्य में एकसूत्रता है--वह पहचान नष्ट हो जाती है। इसकी कीमत पर आप तकनीकी विकास करना चाहते हैं या इसके ऊपर सजग भाव से नियंत्रण रखते हुए अपने मानुष भाव को बनाए रखते हुए विकास करना है, यह गहराई से सोचने की बात है।

मैं विज्ञान का विद्यार्थी नहीं हूँ। मैं साहित्य का विद्यार्थी हूँ और छोटा-सा लेखक हूँ। पर यह जरूर है कि निरंतर सोचने के लिए मजबूर हूँ कि क्या कारण है कि हम इन विषयों पर तब सोचते हैं जब पश्चिम में, कोई इसके लिए आवाज उठाता है। जब एरिखफ्राम कुछ कहेंगे तब सोचेंगे। जब शुमाखर कहेंगे, तब सोचेंगे। हममें जो अधिक सयाने हैं वे इसके बाद कहेंगे कि यह सब ख्याली ऐयाशी है पश्चिम वालों की यह एफ्लुएंस की अतिसम्पन्नता की राजनीति है। हमारे पास तो सम्पन्नता है ही नहीं, अभी हमारा तो पेट ही नहीं भरा। लेकिन सोचें पेट किससे भरना चाहते हैं ? आपकी भूख किस चीज के लिए है ? जीवन के लिए है कि जीवन को सुखाने वाली, इस माया सम्पदा के लिए ? असली भूख क्या है आपकी ? असली आवश्यकता क्या है ? आपको विश्वास नहीं होगा कि इस विकास से क्या-क्या हो रहा है, और क्या-क्या खतरे उपस्थित हो रहे हैं। उन खतरे के लिए उपाय भी जब हम सोचने के लिए बैठे हैं तो लगा है कि देर हो गयी है। बड़े बाँधों से, बड़ी नहर प्रणालियों से जो जमीन का विनाश शुरू हुआ है और हरित क्रांति मरुस्थल क्रांति में परिवर्तित होने जा रही है, उसके बारे में सोचा है आपने ? हम तब प्रायः सोच रहे हैं, जब खो लेते हैं तब सोचते हैं। उसके क्या उपाय किये जा चुके हैं, उसके निवारण की बात हम नहीं सोचते। हम अधिक पैदा करना चाहते हैं पर हमारे पास उस पैदा हुए गेहूं के विनियोजन की कल्पना ही नहीं है। गेहूं पैदा हुआ है, लखत का लखत गेहूं केवल एक बरसाती के नीचे मैदानों में पड़ा हुआ है। भंडारण का हमारे पास उपाय नहीं और केन्द्रीय उगाही के लिए हमने सारी स्कीम बना ली, सारी योजना बना ली। यह केन्द्रीकरण किस मायने में इतने बड़े विशाल भू-भाग के लिए खतरनाक है, इस पर हमने सोचा ही नहीं। हमारे पास उसको वितरित करने के अच्छे साधन नहीं, समुचित भंडारण के साधन नहीं और उत्पादन करके हम उगाही कर लेते हैं। स्थानीय वितरण, स्थानीय आवश्यकता के अनुसार उत्पादन हो इस पर बल नहीं देते। ये बहुत छोटी चीजें हैं। लेकिन गांव का आदमी भी यह सोच रहा है कि इतना आलू हमने पैदा किया क्या करेंगे ? खेत में

ही आलू छोड़ देता है क्योंकि आलू निकालने की मजदूरी नहीं निकलती कीमत से, उसको निरन्तर प्रेरित किया जाता है ऐसा पैदा करो, ऐसा पैदा करो, खाद डालो, ऐसी खाद डालो, खर्चा करो खर्चा करो, लगाओ पूंजी-निवेश करो और करने का फल होता है--कहता है केवल आलू निकाल दो और वही तुम्हारी कीमत होगी। तुम्हारा खेत खाली हो जाय।

इन सब चीजों को देखते हुए सामान्य बुद्धि के बल पर यह कहा जा सकता है कि हम विकास के बारे में एक नयी दृष्टि से सोचें, हम विज्ञान के बारे में एक नयी दृष्टि से सोचें, और विज्ञान को तटस्थ, मूल्यों से तटस्थ बनाकर न सोचें। प्रायः हमने मान लिया कि विज्ञान मूल्यों से तटस्थ है। इसी से वैज्ञानिक कुछ शक्तियों का गुलाम हो गया जैसा उससे कहा जाय वैसा वह करता है। अगर वैज्ञानिक मूल्यों के प्रति तटस्थ न हो, उसके कुछ निश्चित मूल्य हों तो वह निश्चित रूप से बगावत कर सकता है, निश्चित रूप से विद्रोह कर सकता है। लेकिन वैज्ञानिक जैसा कि किसी भाई ने कहा कि एक विचित्र प्रकार की गद्दारी कर रहा है अपने से ही। अपनी विद्या के प्रति अर्पित है, लेकिन विद्या के प्रयोजन का उसे स्मरण नहीं है। इस विद्या का प्रयोजन क्या है ? इस विद्या का प्रयोजन बांधना है, या विमुक्ति है ? जन-जन की विमुक्ति है, साधारण से साधारण व्यक्ति की क्लेश से विमुक्ति है। यही विज्ञान के सन्दर्भ में हिन्दी की बात नहीं आती है। कोई भी भाषा अपनी संस्कृति से, अपने सोच से अलग नहीं होती। जिस क्षण आप हिन्दी में सोचते हैं, जिस क्षण आप कबीरदास, तुलसीदास की भाषा में सोचते हैं, जिस क्षण हिन्दी में ही क्यों, आप मराठी या अन्य देसी भाषा में सोचते हैं तो आप नामदेव की भाषा से, ज्ञानेश्वर की भाषा से, अलग करके नहीं सोच सकते। पोतन्न की भाषा से आप अलग करके नहीं सोच सकते, आलवार कवियों की भाषा से अलग करके नहीं सोच सकते, क्योंकि हमारा सोचने का जो चौखटा है वह इन भाषाओं के समृद्ध कवियों का दिया हुआ चौखटा है। उस चौखटे में अपने आप एक विश्व-दृष्टि है और वह विश्व-दृष्टि अगर आपके पास है और तमाम पश्चिमी साहित्य के पढ़ने के बावजूद है तो निश्चय ही जब कुल-भाषाओं में आप सोचेंगे तो आप पश्चिम से अलग तरीके से सोचेंगे। सोचते ही आपको विज्ञान की एक नयी दृष्टि मिलेगी। विज्ञान के प्रति आपका अर्पण भाव दूसरे प्रकार का होगा। गणित के प्रति अर्पण भाव दूसरे प्रकार का होगा। और आप इसको शक्ति का साधन नहीं मानेंगे। इसको मानेंगे एक विशेष प्रकार के व्यक्तित्व के निर्माण का साधन, चेतना के एक विशेष प्रकार के परिष्कार का साधन, ऐसे परिष्कार का साधन जिसमें मनुष्य सहज जो जाता है और उसे संसार का एक साधारणीकरण प्रत्यक्ष होने लगता है। इसलिए इन भाषाओं में आज आप काम करेंगे, मौलिक रूप से काम करेंगे, सोचेंगे, लड़खड़ायेंगे तो लड़खड़ाना भी अपनी एक गति होगा, ओढ़ी हुई, यंत्रित हुई गति नहीं होगा। अपने आप लड़खड़ाइए, गिरिये, उठिये, चाल आपकी होगी। और चाल आपकी नहीं होगी तो निश्चित ही आपको अपने गंतव्य की पहचान सही होगी। आप अपने

को भूल जायेंगे, तब गंतव्य की स्मृति ही नहीं रखेंगे। आप केवल चलने की स्मृति रखेंगे और चलने की स्मृति मात्र जब होगी तो, तो आपको बस यह ध्यान होगा कि किस तरह से चल रहे हैं या नहीं चल रहे हैं या मेथडालाजी पालन कर रहे हैं कि नहीं कर रहे हैं, ये फ्रेमवर्क पालन कर रहे हैं या नहीं कर रहे हैं, इससे क्या मिलता है, यह ध्यान न होगा। देशी भाषाओं में मौलिक वैज्ञानिक और दार्शनिक चिन्तन होने लगे तो अपनी मेथडालाजी अपनी आवश्यकताओं के अनुरूप शोध-प्रणाली विकसित हो। पर बाधा यहाँ से आती है कि हम अंग्रेजी के ही झरोखे से ही विश्व देखते हैं और विश्व से जुड़ने के लिए अंग्रेजी से चिपके हुए हैं। हमें विश्व यारी का रोग लग गया है। हमने मान लिया है कि अंग्रेजी के बिना प्रकाश नहीं है। हम नहीं सोचना चाहते कि प्रकाश तो भीतर से आता है। और भीतर से आता है तो उसकी पहचान उसके परिचय की भाषा से आएगी। मैं एक प्रयोग की ओर साहित्य के क्षेत्र में एक प्रयोग की ओर आपका ध्यान आकर्षित करना चाहता हूँ। कुछ वर्ष पूर्व राजस्थान विश्वविद्यालय में एक अमेरिकी अंग्रेजी के प्रोफेसर ने प्रयोग किया। पब्लिक स्कूल से आये हुए लड़कों को एक ओर रखा और हिन्दी माध्यम वाले स्कूलों से आये हुए लड़कों को एक ओर रखा। उन्होंने दो आधुनिक कविताएं अंग्रेजी की दीं और कहा कि इस पर अपने विचार लिखो कि कैसी लगी यह कविता। और उनका निष्कर्ष यह था कि पब्लिक स्कूल से आये हुए विद्यार्थियों में केवल एक प्रतिशत ने कुछ अपनी बात कही, 99 प्रतिशत ने पुस्तकों में जो लिखा हुआ था ज्यों का त्यों उगल कर रख दिया, जब कि हिन्दी माध्यम से आए हुए स्कूलों के बच्चों ने चालीस प्रतिशत ने उस कविता के मर्म तक पहुंचने की कोशिश की। उनकी अंग्रेजी टूटी-फूटी थी। यह निष्कर्ष यही इंगित करता है कि आप अगर अंग्रेजी का विकास करना भर चाहते हैं तो सह-विकास करें, तो अच्छा है, यदि भारतीय भाषाओं की कीमत पर विकास करते हैं, बस अंग्रेजी को चलाते हैं, देसी भाषा को अविकसित रखते हुए अंग्रेजी को चलाते हैं तो अंग्रेजी तो विकसित होगी नहीं, आपकी अपनी भाषा, अपनी अभिव्यक्ति चली जायेगी। और यही पच्चीस वर्षों में हुआ है। यह बहुत बड़ी गलती हुई है। हम शिक्षा या विचार के माध्यम के बारे में एकदम से तटस्थ हो गये हैं, चुप हो गये हैं, बात करते हुए भी घबराते हैं, कतराते हैं उनसे। उसका यह फल हुआ है कि पूरी पीढ़ी गूंगी पैदा हुई है। उसके पास न तो हिन्दी की अभिव्यक्ति है, न अंग्रेजी की अभिव्यक्ति है। अभिव्यक्ति ही नहीं है उसके पास। दूसरे की दी हुई अभिव्यक्ति है। चाहे अंग्रेजी की हो, चाहे हिन्दी की। और इसीलिए आप देखते हैं कि चाहे सेमीनार हो चाहे पब्लिक फ्लैटफार्म हो, अंग्रेजी में जो भाषण होते हैं अटक-अटक करके। और कहीं न कहीं से शब्दों को टटोल करके, कुछ यहां से लेकर के कुछ वहां से लेकर के। उसका प्रभाव कुछ नहीं होता है। ऐनिबेसेंट के भाषण से जो होता था, वह नहीं होता, क्योंकि अंग्रेजी है नहीं अपनी। वह अपनी सोची हुई नहीं है, भीतर से निकली हुई नहीं है, वह नाभि से उठी हुई स्वर-लहरी है ही नहीं। इसलिए भी यह आवश्यक है कि हमारे देश के प्रतिभा के जो आयतन हैं, प्रौद्योगिकी संस्थान जहां पर मलाई छंट कर चली

आती है, उतार कर चली आती है, वहां पर कोशिश होनी चाहिए। मैं दिल्ली आई. आई. टी. के हिन्दी के लड़कों से मिला था, उनसे बातचीत की थी, और वे सभी लड़के कोई इंजीनियरिंग के थे, कोई भौतिकी के थे, कोई रसायन इंजीनियरिंग के थे, लेकिन हिन्दी में एक पाठ्यक्रम कर रहे थे उनमें हिन्दी की अभिव्यक्ति पाने की बड़ी उत्सुकता थी। उनकी जैसी हिन्दी देखने की, हमको स्पृहा होती है, हिन्दी में एम.ए. करने वाले लड़कों को मैं देखता हूं कि वे ऐसी अच्छी हिन्दी क्यों नहीं लिखते। वे इसलिए नहीं लिखते कि वे हिन्दी नहीं पढ़ते हैं, हिन्दी के बारे में पढ़ते हैं। हिन्दी के प्रति जो अप्रतिष्ठा की भावना जाग्रत् हो गयी है, उसके कारण यह हिन्दी मन से नहीं पढ़ते हैं। स्वाभिमान से, रस से हिन्दी नहीं पढ़ते हैं, लेकिन जिनके लिए हिन्दी जीविका का प्रश्न नहीं है और हिन्दी पढ़ रहे हैं, सीख रहे हैं, उनके भीतर उत्सुकता है और उसके कारण हिन्दी का स्वरूप ग्रहण कर रहे हैं, एक भीतरी मांग के कारण वे हिन्दी पढ़ रहे हैं। उनकी हिन्दी में एक सहज लोच है। और जो भी पढ़ते हैं, उसके लिए उनके मन में जो जिज्ञासाएं हैं बड़ी उत्साहवर्धक हैं। मैं समझता हूं ऐसे प्रयोग दूसरे आई.आई.टी. को अपने यहां करना चाहिए, क्योंकि मैं मानता हूं कि हिन्दी का विकास इस देश के वैज्ञानिक, छात्रों शोधकर्ताओं या दूसरे व्यवसाय में रहने वाले लोगों से अधिक होगा। हिन्दी एक जगह की भाषा नहीं, एक प्रयोग की भाषा नहीं। विविध प्रकार के जो भाषा व्यवहार हैं, उनमें सजीवता आ जाय, तो पूरी हिन्दी सजीव अपने आप हो जाती है। इन विविध प्रयोगों से जो हिन्दी आएगी वह अधिक परिच्छिन्न होगी, साफ होगी, उलझी हुई नहीं होगी, स्वायत्त होगी। और उससे हिन्दी भाषा को एक महत्व मिलेगा। एक सीमित मात्रा में कहा जा सकता है कि प्रयुक्ति के धरातल पर तकनीकी भाषा, सूत्र भाषा कुछ विशेष प्रकार की होती है। उसमें संक्षिप्तता होती है, यह होता है वह होता है। लेकिन भाषा मूलतः एक है। उसका वाक्य विन्यास नहीं बदलता है। और न उसके पद बन्धों का क्रम बदलता है। और सामान्य शब्द सभी जगह प्रयुक्त होते हैं, उनको कोई निकाल नहीं सकता है। उन सामान्य शब्दों के विभिन्न-विभिन्न शास्त्र विभिन्न-विभिन्न पारिभाषिक अर्थ दे देते हैं, एक सीमित अर्थ दे देते हैं लेकिन शब्द वही होते हैं। एक-एक शब्द प्राचीन शास्त्रों में भी वास्तु में आयुर्वेद में प्रयुक्त है लेकिन उनमें भिन्न-भिन्न अर्थ होंगे, अलग सन्दर्भ में अलग अर्थ होंगे। प्रयोग कीजिए और वे शब्द आपके आरापारा के शब्द होंगे। आप यह पहचानिए, आप इस चक्कर में न पड़िए कि अंग्रेजी में ही शब्द हैं। आप तो पहचानते ही नहीं कि हमारे देश का एक फूल है और आप नाम लेते हैं अंग्रेजी का। और फूल आपके देश का है और आपका ही है, उसका नाम आपका अनपढ़ माली जानता है आपका माली अगर नहीं जान लेगा तो इस कारण कि चाकरी की लाचारी से उसे पहचानना है अंग्रेजी का नाम। अंग्रेजी वह सीखने के लिए मजबूर है। लेकिन साधारण माली जानता है कि इस फूल का नाम लैला है, इस फूल का नाम गुल सब्बो है इनका नाम गुलमेहदी है, इसका नाम दाउदी है, वह जिस नाम को जानता है, उस नाम को आप नहीं पहचानते जो आपका परिवेश आपको दे रहा है, और

जिसके कारण आपको एक विशेष प्रकार का लगाव उससे हो सकता है। और उन नामों को रट रहे हैं उनकी हिज्जे रटने के लिए और उसकी व्याकरणीय संरचना रटने के लिए आप मजबूर हो रहे हैं जो आपके नहीं हैं और आप नाम ही रटने में रह जाते हैं, रूप से आपका तादात्म्य नहीं होता। तो वह गलत मानसिकता है और इससे आपको छुट्टी पानी है। और छुट्टी पाकर के आप सबसे पहले अपना कल्याण करेंगे, देश का कल्याण होगा नहीं होगा, चिंता न कीजिए। लेकिन आपके व्यक्तित्व का एक नया आयाम अपने आप प्रस्फुटित होगा। इसलिए मेरा बराबर यही अनुरोध रहा है कि आप बिना सोचे-समझे हिन्दी लिखना, बोलना शुरू करें, और हिन्दी में अपने गंभीर से गंभीर विषयों पर चर्चा करनी शुरू करें, भाषा एक प्रवाह की प्रक्रिया है, आप तो हिन्दी के बनाने वाले होंगे आपका नाम होगा हिन्दी निर्माता, और आपके द्वारा जो हिन्दी निर्मित होगी, जो महाराष्ट्र से आये हैं, तमिलनाडु से आये हैं, गुजरात से आये हैं, उनके द्वारा जो हिन्दी निर्मित होगी, वह निश्चित रूप से एक बड़ी सशक्त भाषा होगी। अंग्रेजी से कहीं अधिक सशक्त भाषा होगी, क्योंकि उसको इतना योगदान मिलेगा, इतनी समृद्धि वाली भाषाओं का योगदान मिलेगा उनके चिंतन का योगदान मिलेगा जो भाषाएं सोचने की प्रक्रिया में एक धरातल पर है, एक जमीन पर है, चाहे तमिल हो, चाहे हिन्दी हो, कहने के लिए लगता है दो भाषाएं हैं, लेकिन हमारे अर्थों की कोटियाँ, हमारे वाक्य-विन्यास, हमारे मुहावरे, हमारे प्रतिबिम्ब, हमारे बिम्ब, हमारे उपमान सब एक हैं। इनमें अद्भुत एकता है। इनकी जमीन एक है, और अब हिन्दी में लिखेंगे तो आप सोच लीजिए कि वही बात तमिल में भी लिख रहे हैं, बहुत थोड़े ही अन्तर में आप तमिल में लिख पायेंगे। ऐसे प्रयत्न हो रहे हैं कि गणितीय व्याकरण ऐसा रचा जाय कि अपने आप हिन्दी से रूपान्तर किसी भी भारतीय भाषा में हो सके। और इसमें कोई कठिनाई नहीं है। हिन्दी से किसी भी भारतीय भाषा में रूपान्तरण करना अत्यधिक सरल कार्य है। उसका मुख्य कारण यही है कि सांस्कृतिक दृष्टि से, वैचारिक दृष्टि से मूलभूत एकता के बिंदु बहुत सारे हैं। यह कहकर मैं एक ऐसे स्तर से सभी को हिन्दी से जोड़ना चाहता हूँ जो स्तर इस देश के सोचने का स्तर है, इस देश के जीने का स्तर है और जिस जीने में असंख्य-असंख्य देशवासी आपके साथ हैं। विकासशीलता की ओर आपकी यात्रा इस स्तर से जुड़ने पर निश्चय ही अधिक सार्थक होगी क्योंकि उसमें विशालतर प्रयोजन अपने आप जुड़ जायेगा।

आई. आई. टी. कानपुर की गोष्ठी में दिया गया वक्तव्य।

आचार्य नरेन्द्रदेव : नवसंस्कृति के सूत्रधार

आचार्य नरेन्द्रदेव जी मसीहा या पैगम्बर नहीं थे। पथ-प्रदर्शक या पथ-निर्माता होने का कोई दावा भी नहीं करते थे। अपने जीवन के अन्तर्द्वन्द्व से गुजरे--चाहे वह इस देश की आध्यात्मिक विचारधारा और भौतिकवादी मार्क्सवाद के बीच रहा हो, चाहे व्यक्ति की गरिमा और समाज के हित के बीच रहा हो, चाहे राष्ट्रीयता और विश्वबन्धुत्व के बीच रहा हो, चाहे मनुष्य की भौतिक और चैतसिक अपेक्षाओं के बीच रहा हो, वे अतिरेकों के बीच से राह निकालते रहे। वे समझौतावादी नहीं थे. समझौतावादी होते तो राजनीति में सत्ता के शिखर पर पहुँचे होते। अपने आदर्शों में बड़ी दृढ़ निष्ठा रखते थे। वे व्यक्तिपूजक नहीं थे, पर वे शील के प्रतिमान थे। स्व. डॉ. राजेन्द्रप्रसाद को अजातशत्रु कहा जाय तो आचार्यजी को सर्वमित्र कहना चाहिए, नई-पुरानी पीढ़ी के सभी लोगों के मित्र। जो भी उनके सम्पर्क में आये, फिर वे किसी भी क्षेत्र में क्यों न हो, उनके मित्र थे। और वैचारिक मतभेद भी हुआ तो भी वे मैत्री निभाते रहे। आचार्यजी में वास्तविकता पहचानने की अद्‌भुत शक्ति थी, जैसे सहजात अन्तःप्रेरणा रही हो और वह अन्तःप्रेरणा उनके सीधे-सरल और शुचि जीवन में और निखर गयी हो। वे देख सकते थे, किधर क्या जोखिम है, किसमें क्या खामी है, किसमें क्या सम्भावना है और किन स्थितियों में उस सम्भावना के कौन के विकास के कौन से आयाम हैं। इसलिए वे बड़ी संयत, शालीन और सहज भाषा में यह प्रतिपादन कर सकते थे कि संस्कृति मानव चित्त की खेती है मानव चित्त में निरन्तर गुड़ाई की आवश्यकता है, नहीं तो उनके अनुर्वर होने की आशंका हो जाती है। और इसके लिए एक बड़े मन की जरूरत है जो स्वीकारी तो हो, पर पराधीन न हो।

आचार्यजी प्रत्येक विचारधारा की गहराई में जाते थे और अपनी जमीन में उसके उपयोग की सीमाओं का परिमापन भी करते थे। वे हर प्रकार की मतान्धता के विरोधी थे। इससे बड़े साहस के साथ, पर उतनी ही विनम्रता के साथ अपनी स्थापनाएं रख सकते थे। आज ऐसी विनम्र निर्भीकता इतनी विरल है कि कुछ टिप्पणी करने की आवश्यकता नहीं। मैं आचार्यजी के अनेक विचारों से अपने को असहमत पाते हुए उनकी बौद्धिक प्रखरता और ईमानदारी के आगे सलज्ज भाव से प्रणत हूँ...काश, हम अपने अनुभव को ऐसी

सत्य-दृष्टि दे पाते।

आचार्यजी की विचार यात्रा को समझने के लिए उनकी जमीन को जानना होगा। वे उपनिषद् गीता का अभ्यास करने वाले पिता के सन्तान थे। फिर वे काशी में गवर्नमेन्ट संस्कृत कॉलेज में संस्कृत वाड्.मय और पुरातत्व पढ़ने आये। महामहोपाध्याय पं. गोपीनाथ कविराज अपने सहपाठी थे, ऐसे अभिन्न सहपाठी कि जब कविराज जी पढ़ाई के समीप बीमार पड़े तो उनकी सेवा-शुश्रूषा और उनकी तैयारी कराने में आचार्यजी ने अपनी श्रेणी गंवाई, पर अपने बन्धु को प्रथम श्रेणी ही दिलायी। बाद में वे गरम दल की राजनीति की ओर आकृष्ट हुए, फिर मार्क्सवादी चिन्तन की ओर। भारत में जिन लोगों ने समाजवादी चिन्तन की नींव डाली उनमें वे अग्रणी हुए। दूसरी ओर बौद्ध करुणा ने उन्हें आकृष्ट किया और बौद्ध वाड्.मय के परिशीलन में लगे। वे एक ओर लोकमान्य तिलक और महात्मा गांधी के व्यक्तित्वों की ओर आकृष्ट हुए तो दूसरी ओर राजर्षि टण्डन और पण्डित नेहरू की मैत्री के स्नेहपाश में बँध गये। इन तमाम परस्पर विरोधी-सी स्थितियों के बीच जिसके मानवीय संस्कार निखरे, उसमें अद्वितीयता तो होगी ही। अन्तर्विरोधों की पहचान उन्होंने विरोध के रूप में न करके एक-दूसरे के पूरक के रूप में की, मानवीय प्रकृति की, मानवीय प्रकृति की विविधता के रूप में की। उन्होंने स्वयं कहा है--'भारतीय धर्म का उदार भाव कभी-कभी दुर्बल हो जाता है, किन्तु इसमें सन्देह नहीं कि बार-बार प्रताड़ित होने पर भी नष्ट नहीं होता। पण्डितों की पाठशाला और विद्वानों की गोष्ठी में तथा तीर्थों में यह भाव नहीं मिलेगा। यदि इसे देखना है तो अनपढ़ ग्रामीणों के खेतों और खलिहानों में इसे ढूँढ़िये। यही उदार भाव सब प्राणियों में अपने को और अपने में सब प्राणियों को देखने के लिए विवश करता है। यही समत्व का योग है। यही उपनिषदों की शिक्षा है। इसीलिए कहा गया है कि वह स्वराज्य का अधिगम करता है।'

इस विशाल देश में विविधता में एकता की इतनी सम्भावना देखते हुए भी वे इसकी वर्तमान परिस्थिति में एक बहुत बड़ी कमी देखते हैं। वे यह अनुभव करते हैं कि हमारा समाज है बहुत महान, पर आर्थिक-सामाजिक स्तरों पर इसमें साम्य की अपेक्षा है और इस साम्य को लाने में हमारे विशाल धर्म की भूमिका उतनी सक्रिय न होगी। उन्होंने इसी लेख में आगे कहा--'जब तक सबके लिए कुछ ऐसे प्रतीक और उद्देश्य न हों, जो समान हैं तब तक भिन्न-भिन्न सम्प्रदायों के बीच होने वाले भीषण संघर्ष आज के युग में बड़े भीषण होंगे।⋯जब धर्म के क्षेत्र में जीवन के विविध अंग बहिष्कृत हो रहे हैं तब धर्म या सम्प्रदाय का विचार न करके सबके लिए एक ही कानून बनना चाहिए।' उनकी दृष्टि में विशाल धर्म की भूमिका आज भी महत्वपूर्ण इसलिए है कि वह ऐसी सर्वप्रभावी भूमि तैयार कर सकती है, क्योंकि उसमें स्वयं को युग की आकांक्षाओं के अनुरूप अतिक्रमण करने का साहस है, परन्तु बहुत्वप्रधान समाज की विडम्बनाओं का समाधान हमें समान सेक्यूलर आचार के निर्धारण द्वारा करना होगा। यही आचार्यजी की दृष्टि में नयी संस्कृति की सबसे बड़ी नैतिक अपेक्षा है।

आचार्यजी इस संस्कृति की अवतारणा के लिए कानून के साथ-साथ जन-शिक्षा को भी आवश्यक मानते हैं। 'जनशिक्षा' शीर्षक निबन्ध में उन्होंने सतही प्रौढ़ साक्षरता के अभियान पर बड़ी गहरी चोट करते हुए कहा--'साक्षर हो जाने पर कोई व्यक्ति साधारण किस्से-कहानियां पढ़ सकता है, किन्तु वह शिक्षित नहीं हो सकता और न अपने व्यवहारों को सामाजिक और विवेकयुक्त ही कर सकता है। ऐसी (सतही) साक्षरता से व्यावसायिक वर्ग अनुचित लाभ उठाते हैं और मुनाफा कमाने के लिये ढेर के ढेर ऐसे सस्ते और भद्दे साहित्य को प्रकाशित करते हैं जिनसे केवल मनुष्य की दुष्प्रवृत्तियों को उत्तेजना मिलती है। इस प्रकार के पुस्तक व्यापार से, जिसकी आजकल धूम है, जनता शिक्षित नहीं होती, बल्कि पथभ्रष्ट होती है। केवल साक्षर समाज से भी काफी खतरा है और आसानी से वह अधिनायकों और अधिकारकांक्षियों के जाल में फँस सकता है।...समाज के प्रवंचक अपने संकुचित राजनीतिक स्वार्थों की सिद्धि के लिए प्रचार के ऐसे हथकण्डों का उपयोग करते हैं जिसमें विभिन्न राष्ट्रों के (और नये सन्दर्भ में विभिन्न समुदायों के) बीच घृणा और द्वेष उत्पन्न करते हैं।' आचार्यजी ने व्यावसायिकता के खतरों से बचने के लिए सरकार से अपेक्षा की-- 'वह जनता को ऐसी मौलिक शिक्षा प्रदान करे जिससे उसके अन्दर विवेचनात्मक शक्ति का विकास हो और उसमें आत्मनिर्माण की क्षमता आ सके।' प्रौढ़ साक्षरता अभियान में यह मुद्दा आज कितना महत्वपूर्ण है, इस पर विशेष कुछ कहने की आवश्यकता नहीं।

आचार्यजी आजीवन शिक्षक रहे और वे शिक्षार्थी समुदाय की आकांक्षाओं का स्पन्दन निरन्तर अपने भीतर अनुभव करते रहे। इसीलिए उनके विचार शिलीकृत नहीं रहे। वे अपने सोचने के ढंग में परिष्कार करते रहे। 'गंगातीरे गंगादास' और 'यमुनातीरे जमुनादास' वाली लोकप्रियता की समझदारी को वे बहुत अनैतिक मानते थे। इसी से उन्हें न शासन से भय था न लोक से। वे दोनों के बीच सामंजस्य स्थापित करना चाहते थे, पर दूरगामी लोकहित की बलि देकर नहीं। उनकी राजनीति भी सफलता की राजनीति न होकर सिद्धांत की राजनीति थी। वे निर्भीक होकर कह सके कि (स्वाधीनता के बाद) देश में निराशा और निरुत्साह का वातावरण छाया हुआ है और लोगों में सामाजिक एवं राजनीतिक प्रश्नों के प्रति उदासीनता बढ़ती जा रही है। हमारे नवयुवक भी उदासीनता के शिकार हो रहे हैं। इस परिस्थिति के अनेक कारण हैं। नवार्जित स्वाधीनता का उल्लास किसी के हृदय में नहीं है और इसीलिए नवीन रचना के लिए उत्साह का भी अत्यन्त अभाव है। 'जनता का आशादीप बुझ रहा है' उनका यह कथन आज भी उतना ही सही है। आज स्वाधीनता-प्राप्ति के बाद के चार दशकों की उपलब्धियों और चिन्ताओं की जब समीक्षा की जा रही हो तो आचार्यजी का स्मरण अपने-आप बहुत सार्थक ढंग से किया जा सकता है। कितने भी अकेले क्यों न दिखते हों पर वे आज भी प्रकाशस्तम्भ हैं। उनकी निराशा की समझ भी आशा का संकल्प है।

आचार्यजी ने जिस नयी संस्कृति की अवधारणा की, उसकी भित्ति मार्क्स नहीं है,

रचनाकार का दायित्व

मैं अपने को कोई रचनाकार में रचनाकार तो मानता नहीं, पर लोग ठोंक पीट कर वैद्यराज बनाए हुए हैं, इसलिए मान लेता हूँ रचनाकार हूँ। वैसे जो लिख जाता हूँ, वह प्रायः मेरे बावजूद ही लिख जाता है। मैं खास कुछ करता नहीं। बस शब्दों के पीछे दौड़ता हूँ, जैसे बच्चे तितलियों के पीछे दौड़ते हैं, शब्द रंग बदलते रहते हैं तितलियों की तरह, कितने अर्थों की सुवास लेते हैं। मैं मुग्ध भाव से उनका पीछा करता हूँ, कभी-कभी मिल जाते हैं उन्हें बांध देता हूँ, लोग कहते हैं ललित निबंध बन जाता है। इस प्रकार के कार्य में मैं दायित्व कीं बात करूँ तो क्या करूँ।

जिस देश-कोस में जनमा, इतना बड़ा हुआ उसका ऋण उतारना चाहूँ भी न उतरेगा। जिन लोगों ने स्नेह दिया, पाला-पोसा, उनका ऋण भी कभी उतरेगा। विवाह का एक गीत है--

जात है पूता गौरी बियाहन,
दुधवा के मोल कइ जाहु
पुत्र गौरी ब्याहने जा रहे हो,
दूध का मोल किये जाओ।

पर मां के दूध का क्या मोल होगा। जिस भाषा ने, जिस बोली ने, संस्कार ने विचारों को आकार दिया, मन की साधना पूरी की कि मन दूसरों का मन पाये, उसके कर्ज की बात करेंगे तो लगेगा कि मेरे उतारे वह कर्ज नहीं उतरेगा। मैं कुछ कमाऊंगा भी इस निमित्त तो वह मेरे लिए पर्याप्त नहीं पड़ेगा, कर्ज क्या उतारूँगा।

इतना जरूर है कि इतना बेईमान नहीं हूँ, कि इतने सारे कर्ज हैं, वह भी न सकारूँ, अपनी समृद्ध धरती, अपनी वत्सला मां और अपनी उदार ऋषि परंपरा के प्रति एक ओर प्रणत हूँ, अपने को इनके आगे बहुत छोटा पाता हूँ और दूसरी ओर इन सबसे जुड़े शब्द, शब्दों के विन्यास, छंदों के विन्यास और ध्वनियों के विन्यास के आगे सिर झुकाता हूँ, हे विपुल लय-संभार, हे दीप्तिमान् अक्षर, हे रंग-बिरंगी संभावनाओं की बीजराशि, तुम मुझे अपनाओ, मैं तुम्हें अपनी छोटी-सी अंजुरी में ले जा सकूँ, कहीं उन्हें बो सकूँ। बहुत बात

बुद्ध और कृष्ण भी हैं। उन्होंने स्पष्ट कहा है कि 'समाजवाद का सवाल केवल रोटी क सवाल नहीं है, समाजवाद मानव-स्वतंत्रता की कुंजी है। समाजवाद ही एक स्वतंत्र सुखी समाज में सम्पूर्ण मनुष्यत्व की सृष्टि तभी हो सकती है जब साधन भी सुन्दर हों, मानवोचित हों' (हमारा आदर्श और उद्देश्य)। आचार्यजी इस नवनिर्माण का संकल्प लेते समय अपने सांस्कृतिक दाय के प्रति असावधान नहीं थे, वे भलीभाँति समझते थे कि 'इतने दीर्घकाल के सामाजिक विकास के बाद जो मौलिक मानवीय सत्य प्रतिष्ठित हो गये हैं, उन पर जोर देना और उन्हें समाज के पुनर्निर्माण में उचित स्थान दिलाने का प्रयत्न करना नितान्त आवश्यक है। इनके अवहेलना करके सभ्य और सुन्दर सामाजिक जीवन नहीं चलाया जा सकता' (हमारा आदर्श और उद्देश्य)। सादगी में सौष्ठव भारत की अपनी पहचान है। यह पहचान जीवन की सच्चाई की तलाश से आती है और सच्चाई की तलाश में आदमी को अपने-आप बहुत-सा परिग्रह अलग कर देना होता है। भारतीय मन में रचना की कल्पना बिना तप के सम्भव नहीं होती।

गांधीजी और आचार्यजी में बहुत अन्तर होते हुए भी मिलने का एक सामान्य बिन्दु है। वह है उपभोक्ता भाव से बचते हुए जीवन को अर्पणीय बनाना और अर्पणीय बनाकर सत्य की तलाश में निःस्व और निर्भय होकर चल देना। अभी कुछ ही दिन पहले भाई रामू गांधी (महात्मा गांधी के पौत्र प्रसिद्ध विचारक श्री रामचन्द्र गांधी) से देर तक कुछ बातें गांधीजी के जीवन के सम्बन्ध में होती रहीं। रामू भाई ने कहा, बापू मोहन के दास थे। वे इस युग के अर्जुन थे। अपने को झुलसाकर भी विराट् सत्य का साक्षात्कार करना चाहते थे। अपने को सबके प्रति समर्पित करके ऐसी राह पर चलना चाहते थे जो सबकी राह हो, पर ऐसी हो कि उस पर चलने का अब तक किसी ने साहस न किया हो। आचार्यजी की जीवन-यात्रा भी ऐसी ही कुछ थी। देखने में द्वन्द्व से घिरे हुए पर आचार में स्पष्ट और कठोर निर्णय लेने वाले आचार्यजी गांधीजी की प्रतिमूर्ति थे अपनी शीतल तेजस्विता में।

इस प्रकार हम देखते हैं कि अपने समय की धारदार तलवार पर प्राण साधे हुए आचार्यजी आजीवन यात्रा करते रहे। न कभी विचलित हुए, न शिथिल। साथ ही कभी वे दम्भी भी नहीं हुए। नयी क्रांति के दावेदार भी नहीं हुए। शायद इसी से लोगों को वे उतने आक्रामक नहीं लगते। परन्तु जब हम उनके विचार और आचार को एक साथ रखकर जाँचते हैं तो लगता है कि इस तरह निरन्तर एक के बाद दूसरी अग्निपरीक्षा में तपकर निकला हुआ सोना कोई दूसरा प्रमाण नहीं मांगता, आग ही उसका प्रमाण है। आचार्यजी के विचार उनके जीवन थे। ऐसे विचारक को आक्रामक होने की जरूरत नहीं पड़ती। वह घिसे हुए चंदन की तरह अपनी उपस्थिति जतला देता है।

क्या बढ़ाऊँ, मैं पहला दायित्व लेखक के रूप में भाषा के प्रति मानता हूँ, भाषा के साथ खेला तो जा सकता है, पर उसके साथ खिलवाड़ नहीं किया जा सकता। भाषा समाज से जुड़ने का सूत्र है, समाज भाषा की तरह ही बड़ा पेचीदा है, और बड़ा आसान है, भाषा समाज के साथ समरसता बनाने में सहायक हो, बाधक न हो, इसका ध्यान बराबर रखना पड़ता है। मैं रखने की कोशिश करता हूँ, क्योंकि मन में जिस समाज का और उसकी भाषा का गहरा संस्कार अंकित है, वह वाचिक परंपरा का समाज रहा है, बड़ा खुला, बड़ा पारदर्शी पर बड़ा ही वर्षा की नदी की तरह तोड़दार, बहावदार, वाचिक संस्कृत और भोजपुरी ने मेरी हिंदी का निर्माण किया है, मेरा दायित्व सबसे लेकर उदार और प्रशस्त धारा बनने वाली हिंदी के प्रति है, संकरी नहर सरीखी हिंदी के प्रति नहीं है, कान से जो भाषा सुनी जाती है, वह आंख से पढ़ी जाने वाली भाषा से अधिक संप्रेष्य होती है, कान से सुनी बात गूंज बनती है, साहित्य भी पढ़ा जाकर याद किया जाकर और गुनगुनाया जाकर परखा जाता है, केवल आँख से देखी बात मन में कम घर करती है। भाषातीत कहा जाने वाला अनुभव भी अनहद नाद ही बनकर उतरता है।

मैं भाषा के प्रति अपना दायित्व इतनी सजगता से इसलिए निभाना चाहता हूँ कि संवदेना का तगादा है कि साहित्यकार अनबोलना या संवादहीनता की स्थिति बराबर तोड़ता रहे। एक दूसरे को संशय की दृष्टि से देखने के कारण, कभी रोजमर्रा की जिंदगी के दूसरे हो जाने के कारण (क्योंकि प्यार सूख गया है केवल कर्तव्य रह गया है) संवादहीनता दीवाल बन कर आती ही रहती है और सबसे अधिक संवादहीनता तो अतिशय औपचारिकता में आती है।

आज संवाद बहुत औपचारिक हो गये हैं, शायद मानवीय रिश्ते मात्र औपचारिक हो गये हैं, भाषा मुखौटा बन गयी है, और एक मुखौटे से काम नहीं चलता, कई मुखौटे लगाने पड़ते हैं, यहां तक कि एक मुखौटा अनौपचारिकता का भी लगाना पड़ता है, लोग नौकर से अवधी, बनी हुई अवधी में बात करना चाहेंगे, पर वह अवधी सम्बोध्य नौकर के लिए और दुर्वह हो जाती है। इस स्थिति में मैं क्या कोई भी रचनाकार बड़ी मुश्किल में है, इतने दुरावों के बालू के दूहों के बीच जो हर क्षण खिसकते रहते हैं, नया रूप लेते रहते हैं सीधी राह बनायी कैसे जाय, कोई भी राह बनायेंगे, वह भी बालू का दूसरा दूह मान ली जायेगी, बार-बार छले जाने पर हर चीज पर विश्वास उठ जाता है। आज अपने को विश्वसनीय सिद्ध करना एक समस्या है। ऐसे में भाषा को साधना बिना गहरे लगाव से संभव नहीं होता। और गहरा लगाव या गहरी आसक्ति अहंकार का कारण बनती है। लेखक के अहंवादी होने की तीव्र आशंका उत्पन्न हो जाती है।

आधुनिकता का सबसे बड़ा अभिशाप यही है कि या तो सपाट अनासक्ति का दंभ पलेगा या प्रबल आसक्ति के कारण अहंकार। जो दोनों से बचना चाहता है, वह परंपरावादी कहा जाने का जोखिम उठाकर संस्कृत की वाचिक परंपरा की गूंजों का जितना सहारा लेता है, उतना ही सहारा लोकभाषा की गूंजों का भी और मानक हिंदी के

निर्वाह का ध्यान भी रखता है। हर भाषा नहीं चलती, वही चलती है जिसकी चाल ढली होती है। भारतेन्दु ने इसके लिए जून 1879 तारीख दी, हिंदी नयी चाल में ढली। नयी चाल का ढलना बड़े तप के लेखन के लिए बहुत आवश्यक मानता हूँ। तप का अभ्यास, बनाना, मिटाना, फिर बनाना, फिर असंतुष्ट होने पर मिटाना है, ऐसे करते-करते शब्द रचाव में आते हैं जैसे मिट्टी कुम्हार के हाथों तरह-तरह की सेवा पाकर रचाव में आती हैं। शब्दों की प्राणवत्ता की पहचान शब्दों के प्रयोग-क्षेत्रों के गहरे जुड़ाव से आती है, शब्द-संग्रह मात्र से नहीं, उसके प्रयोग से और उसके सजीव संदर्भ में प्रयोग से।

लेखक को हर शिल्पी से हर कर्मी के कर्म से जुड़ना पड़ता है, उसके दुःख-दर्द की भाषा से जुड़ना पड़ता है। तब कहीं उनके शब्द अपने हाथ में पकड़ आते हैं। इसलिए भाषा का दायित्व मैं बड़ा दायित्व मानता हूँ, भाषा के दायित्व का अपने आप विस्तार विचार और संस्कार के दायित्व के रूप में हो जाता है। यह सही है कि साहित्य का आराध्य 'मानुष सत्य' है, चरम सत्य के रूप में मनुष्य नहीं, मनुष्य होने का भाव, आराध्य है, वह मानुष सत्य हर संस्कृति में अवतीर्ण होता है, पर उसके साथ ही यह भी उतना ही सही है कि उस मानुष सत्य की पहचान हमें सबसे पहले अपने संस्कारों से अपने जातीय विचारों से मिलती है, इसलिए उन विचारों-संस्कारों के प्रति हमारा गहरा दायित्व पहले होता है, हम उन्हें समझें, अपने को उनसे बना मानें और तब हममें सामर्थ्य हो, हमें तीव्र आवश्यकता अनुभव हो तो उनका अतिक्रमण करें, उनका नव निर्माण करें। मैंने निरंतर अपनी संस्कृति के निर्वचन से अपने को जोड़ा है और विशेष रूप से तब से इसकी आवश्यकता अधिक महसूस की है, जब से मैं विजातीय मानव संस्कृतियों के गहरे संपर्क में आया, केवल किताबी संपर्क में नहीं। विदेश में रहते हुए विदेशी रचनाकारों के साथ संवाद करते हुए, उनके अंतर्मन में पैठते हुए मुझे स्वयं की पहचान नये रूप में हुई है, इस प्रक्रिया में जहाँ मेरा दंभ छोटा हुआ है, वहीं मेरा स्वरूप विमर्श और स्पष्ट हुआ है। तभी से मैंने पहचानना शुरू किया है कि साहित्य की भाषा में पड़ाव तो होते हैं पर प्राचीर नहीं हैं। दुर्ग भी नहीं है, कोई बंद दरवाजे भी नहीं हैं।

अबाध यात्रा है और पूरे परिदृश्य को कहीं किसी आधार पर बांटा नहीं जा सकता, कालखंडों में भी नहीं। साहित्य का यह सातत्य परंपरा को रूढ़ि होने से भरसक बचाता है और नवोन्मेष को अपरिचित होने से बचाता है, इसी का ध्यान रखते हुए मैंने अपने समग्र पूर्ववर्ती साहित्य को एक इकाई मानकर पढ़ा है, सबसे लिया है अपने को सबको दिया है, और उन्हीं से पायी समग्र चेतना से आज को ललक से देखा है, चीन्हीं है उसमें नदी की नयी भंगिमा और उस भंगिमा के साथ उछली हुई जीवन की प्यास, एक चुलबुली मछली। मेरी इस समग्र चेतना में शास्त्र और लोक दोनों घुले हुए हैं मेरे मित्रों ने प्रवाद फैला रखा है कि मैं पक्षधर हूँ एक जड़ शास्त्रीय चिंतन का और मोहासक्त हूँ एक तकनीकी विकास में पिसती हुई मुमूर्षु गँवईपना पर। उन्हें कैसे समझाऊँ कि इन शास्त्रों को पक्षधर की आवश्यकता नहीं, वे अपने को प्रमाणित कर रहे हैं मित्रों के बावजूद। रही बात

गँवईपना की, वह मरेगी नहीं, नागरता मर जायेगी, गँवईपना नहीं मरेगी और उससे जुड़े जो रहेंगे वे भी नहीं मरेंगे।

नकली झाग से काम नहीं चलेगा इक्कीसवीं शताब्दी का, उसे भीतर का स्नेह चाहिए ही चाहिए होगा। मैं इतना पुण्यवान् कहाँ कि शास्त्रीय चिंतन का पक्षधर बन सकूँ या गंवई मन का मर्मी कहा जा सकूँ, मैं तो इनके झरनों से जो फुहार उड़ती है, उससे छुवा जाने में अपने को कृतार्थ मानता रहा हूँ। कभी-कभी ही भीगा हूँ पर भिगने के वे क्षण मेरे जीवन के यह महनीय क्षण हैं, उस भीगने से कुछ लिखा गया है तो उन्हीं क्षणों का प्रसाद है मेरा कुछ नहीं।

अंत में आता हूँ अपने अंतिम दायित्व पर। मैं अपने को उत्तरदायी मानता हूँ अपने भीतर के सबके प्रति। वह सब बड़ी कठिन परीक्षा लेता है, बार-बार छेदता है, काटता है, जलाता है, गलाता है, पर वह है, इसीलिए तो मैं हूँ, मेरा कर्म है, उसकी सार्थकता है।

वह सब निराकार नहीं है, साकार है उन हजार-हजार लोगों में जो कभी-कभी मुझे मिले हैं, मैं अपने को उन सबके प्रति जवाबदेह मानता हूँ। कभी भी मुझसे उनमें से कोई भी पूछ सकता है, मेरे बारे में लिखा, मुझे लिखा। उन सबको मुझे लिखना है, अभी वह लिखना है, यह संकल्प मुझे बराबर संक्षुब्ध किये रहता है, उन्मथित किये रहता है, कैसे रचनाकार हो जो घर में उस अंधी चक्की पीसने वाली पूरनवासी की मां के खिलखिलाते परिहास को भाषा नहीं दे सके, कैसे रचनाकार हो जो दूर देशांतर में सुनहरी हरी काई से ढकी वनराशि के बीच की गरमाई पगडंडी पर चलने के लिए साहस नहीं करते विशेषकर जब आदमी चौड़े रास्ते पर पसरी रोशनी का गुलाम हो जाये लंबे अरसे तक, कैसे रचनाकार हो जो उस छोटे से इमली के बीज को नहीं लिख सके, बड़ी बहन छः महीने तक चिंता करती रही कि यह बाबू के पेट में गया है, पेड बनकर निकलेगा, वह बीज अनलिखा पड़ा है, रोमानिया में लोक नृत्य गीत समारोह में जिप्सी (वहां की भाषा में चिगाने) लड़की का हमारे क्षेत्र की धुन गाना और हमारे गुनगुनाने पर उसका ध्यान खिंचना, उसका पूछना, तुम्हें यह धुन कहां मिली, इस पर उसका उदास हो जाना, क्या लिखा गया ?

इतने सारे सवाल सबने खड़े किये हैं और मैं हक्का-बक्का हूँ, कभी जवाब बन पड़ेगा, कभी बड़ा लिखना, सचमुच का सबके लिए लिखना होगा, भले ही मुझे ही पूरी तरह रोशनाई बनाकर लिखना हो, मुझे ही कलम बनाकर मुझे ही कागज बनकर लिखना हो, पर क्या ऐसा लिखना होगा ? शायद हाँ, शायद नहीं, पर इतना तो है कि मैं रचनाकार का दायित्व समझता रहूँगा, भले ही रह जाऊँ रचनाकारों की पंक्ति का पांचवां सवार मात्र। सर्वमय होने की अभिलाषा पालना भी उस इमली के बीज को पालना है, जो बचपन में पेट में चला गया था, खटमिट्ठी अधपकी इमली के लगाववश, पता नहीं कब वह इमली पेड़ बनेगी, फल बनेगी, क्या लालसा तक ही रचनाकार का दायित्व पूरा होता है।

साहित्य का भविष्यत् और भविष्यत् का साहित्य

भविष्यत् विज्ञान के युग में साहित्य का भविष्यत् भी स्वभावतः चिन्त्य विषय बन जाता है। भविष्यत् की इतनी चिन्ता वर्तमान में किये जा रहे प्रमाद के ही कारण हो रही है। नहीं तो भविष्यत् स्वप्न का ही विषय ज्यादा बना रहा है लगभग चार शताब्दियों से, आधुनिकता के धरोहरी पश्चिम के लोगों ने अपनी अलग उटोपिया स्वर्णिम भविष्यत् की कल्पना की और उसी को मानव की विजय यात्रा का चरम शिखर माना, पर कहीं कुछ अनियंत्रित गति के कारण या उससे भी अधिक सम्पूर्णता का ध्यान न रखने के कारण ऐसी बेसँभाल विश्रृंखलता हुई कि भविष्यत् भयावह दिखने लगा। साहित्य ने भी दुर्भाग्यवश कुछ ऐसे स्वर्णिम स्वप्न पाले, पर गनीमत यही रही कि वर्तमान में वह साँस लेता रहा, इसलिए ये सपने उसके कन्धे पर सवार हो न पाये, कुछेक अपवादों को छोड़ दें, वह सपनों के द्वारा दौड़ाये जाते विचारों के घोड़ों की गति देखता रहा और सोचता रहा कि घोड़े कितने लाचार हैं, दम भी नहीं ले सकते, सपने कितने अन्धे हैं कि सड़क भी नहीं देखते, यह भी नहीं देखते, कितने लोग कुचले जा रहे हैं, कितने तो ऐसे मासूम लोग कुचले जा रहे हैं जो बाणभट्ट के हर्ष चरित के खरगोशों के छौने की तरह सेना की कूच का तमाशा देखने आये और भालों से बींध दिये गये, इधर उधर छिपने वाले सैनिक बूटों से कुचल दिये गये। सपने, वे भी सोने के, कहां देखते हैं ? साहित्य सबल की जयजयकार के लिए तो है नहीं, वह दुर्बल की कराह सुनता है और उस दुर्बल की जयजयकार करता है जो ऐसी सेनाओं के पाशविक बल को ललकार कर प्राणों के जोखिम पर खड़ा हो जाता है और कहता है, बाणभट्ट के पोथीधारी पंडित की तरह, कैसा है वह राजा और कैसी है इसकी सेना, जो फसलों को रौंदती चली जा रही है।

साहित्य के सपने में वह ललकारने वाला और ललकार के प्रत्युत्तर में सत्ता को आवेध्य बनने वाला ऊपर से निर्बल पर भीतर से सबल मनुष्य, माखनलाल चतुर्वेदी का रक्तस्नात साकी, पास्तरनाक की दोनों सिरों से जलने वाली मोमबत्ती और अज्ञेय का अपनी चिता की लकड़ियां उठाकर चलने वाला कवि, ये ही प्रभामंडित होकर आते हैं। इसलिए उसका भविष्यत् मनुष्य की अथवा मनुष्य ही क्यों चर-अचर मात्र की जीवन पीड़ा

से एक विकल्प बच रहता है, अथवा दो या दो से अधिक विकल्पों के घुलन-मिलन से एक नया विकल्प ही मानक विकल्प बन जाता है। वस्तुओं के उत्पादन में हम यह आज ही देख रहे हैं, संगणकों की सहायता से जो हिसाब-किताब की लिपि बन रही है, उसमें भयंकर एकरूपता आ रही है। जो आवास-गृह बन रहे हैं, उनमें उबाऊ एकरूपता आ रही है, भाषा भी जब मशीन की सहायता से अधिकाधिक लोगों तक सम्प्रेष्य होगी तो उसमें एकरूपता आना अनिवार्य है। कुछ लोग संगणक की सहायता से संगीत रचने लगे हैं, कोलाज चित्र बनाने लगे हैं शायद कविता भी करने लगें। इस दशा में भविष्यत् का साहित्य क्या अपनी ताजगी रख सकेगा, जो शब्दों की अर्थों की नयी करवट के कारण आती है ? मैं समझता हूं कि यह स्थिति साहित्य के लिए चुनौती होगी, क्योंकि साहित्य सिद्ध से सिद्ध, पकी से पकी भाषा को साधन बना देता है और कुछ-कुछ जानी पहचानी भाषा से ही अनजानी पर कुछ पहचानी सी भाषा निकाल लेता है। साहित्यकार निश्चय ही इस उबाऊ एकरसता के बीच कुछ न कुछ युक्ति निकाल लेगा, कहीं पीछे से अति महीन गूंजों की सहायता ले मिट्टी में सोयी हुई कुछ स्रोतों का सहारा ले या बंजर धरती पर उतरती हुई सावनी सन्ध्या की ललाई का सहारा ले, वह नयी भाषा ईजाद कर लेगा। उसकी चिन्ता नहीं करनी चाहिए। शायद वह भाषा कुछ तुतलाहट लिये हो, पर होगी और सशक्त और भावप्रवण। एकरस भाषा से खीझ ही तो भविष्यत् के साहित्य के लिए जीवन मन्त्र होगी, वाल्मीकि के क्रौंचवध की तरह, भाषा को प्रजनन से अलग करने की कुचेष्टा ही साहित्य के लिए उद्दीपन होगी। भविष्यत् के साहित्य की भाषा में हो सकता है, अटकाव हो, बीच-बीच में कहीं टूटन भी हो, पर मानवीय सम्बन्धों की टूटन से उपजी चिन्ता में कहां भाषा सुश्रृंखल रहती है, जीवन में ही ऐसे विह्वल क्षणों में शब्द कहां धारा प्रवाह आते हैं।

दूसरा सवाल सम्प्रेषण साधन का है। भविष्यत् के जो निराशावादी नजारे सामने आ रहे हैं, उसमें ऊर्जा संकट के कारण सारे आज के साधन समाप्त हो जायेंगे, ऐसी सम्भावना है। तब सामूहिक संचार का स्थान फिर सँदेसिये लेंगे, आमने सामने का संवाद ही संवाद रहेगा। उस स्थिति में साहित्य की भूमिका कुछ और विशिष्ट होगी, क्योंकि उसे तब बिना सजे-संवरे घावों पर मलहम लगाने के लिए सन्नद्ध होना पड़ेगा। आशावादी नजारे में तो सब आप्तकाम हो जायेंगे, व्योमविहारी होंगे, भूख प्यास की समस्या न होगी, सन्तान उत्पत्ति की समस्या न होगी। पिछले दिनों के कुछ अभिलेख होंगे, उन पर केवल निर्मम होकर हँसना रहेगा, कितने जाहिल और दयनीय थे पहले के लोग। जरामरण से मुक्ति होगी। उस समय साहित्य की कोई अपेक्षा कैसे होगी ? वैसे यह नजारा ही अवास्तविक है, पर थोड़ी देर के लिए मान लें, ऐसी सूरत आ भी जाये तो अतिशय भोग में ही उद्वेग होगा और उद्वेग होगा तो पर की आवश्यकता होगी, पर की आवश्यकता होगी तो साहित्य की आवश्यकता होगी, क्योंकि साहित्य अपने भीतर के पर का ही तो अन्वेषण है, वह पर शब्द अन्यवाचक हो या श्रेष्ठ वाचक, प्रत्येक दशा में निज का कोई निजी स्वाद नहीं, जब तक वह परकीय न बन जाय, तदीय न बन जाय। मदीयता के विस्तार का

कितना भी सपना आधुनिक तंत्रजाल देखे, वह मदीयता विपुल की किसी औचक लीला में तिनके की तरह बिला-तिला जायेगी और तब साहित्य ही तिनके को उठाकर बातचीत का रसमय बातचीत का एक व्याज बना देगा, यही उसकी कृतार्थता होगी।

भविष्यत् के साहित्य की इसलिए जब मैं कल्पना करता हूं तो मुझे आज से अधिक और बड़ी चुनौतियो का साहित्य दिखता है, इसलिए और नयी संभावनाओं का भी साहित्य दिखता है। दूर नक्षत्रों से शायद सम्पर्क होने पर नये-नये मानवों से संवाद स्थापित हों और विभिन्न लोकों को जोड़ने वाले नये राग व्यापार को आमंत्रण देने की अपरिहार्यता हो, शायद--

आगि लागि घर जरिगै बड़ सुख कीन्ह
भरि भरि हाथ घइलवा पिय के दीन्ह।

वाली स्थिति आये, घोर विध्वंस के बाद बचे दो प्राणी एक दूसरे का हाथ बंटाते समय अनुभव करें कि सुख ने कितना दूर रखा था, विपदा ने कितने समीप ला दिया है, मनुष्य के शून्य को जैसे एक दिव्य उपस्थिति आकर भर देती है। कल का साहित्य कुन्ती और द्रौपदी का श्रीकृष्ण होगा। उत्सव में पाँव पखारे और विपदा में अलौकिक शक्ति बनकर उबारे, उस साहित्य की प्रतीक्षा बराबर रहेगी मनुष्य को।

• • •

भारतीय हिन्दी परिषद् के लखनऊ अधिवेशन में दिया गया अध्यक्षीय अभिभाषण।